TRAITS ET PORTRAITS

DU MÊME AUTEUR :

LA DORMEUSE ÉVEILLÉE, 1965
CONTES DE LA SOLITUDE, I, 1967
L'ÉTÉ DE LA CIGALE, *Prix du Cercle du Livre de France*, 1968
      — Prix de la Province, 1969
CONTES DE LA SOLITUDE, II, 1972
LES PIERREFENDRE :
  I — Prélude et fugue à tant d'échos, 1972
  II — Concerto pour un décor et quelques person-
      nages, 1975
  III — Arioso sans accompagnement, 1977

Yvette Naubert

TRAITS
ET
PORTRAITS

PIERRE TISSEYRE
8955 boulevard Saint-Laurent — Montréal, H2N 1M6

Dépôt légal : 4ème trimestre de 1978
Bibliothèque nationale du Québec

ISBN — 7753-0122-1

Entre Montréal
et Toronto,
mon cœur hésite

Le matin, la maison est un champ de bataille. Les enfants se chamaillent et se poursuivent d'une chambre à l'autre en se lançant à la tête divers objets, hurlent à leur mère pour retrouver qui une chaussette, qui un chandail, qui son cartable. La salle de bains se transforme en lac dans lequel trempent les serviettes souillées car les enfants ont l'habitude de finir de se laver en s'essuyant. Dans la cuisine, le café déborde de la cafetière, le pain reste coincé dans la fente du grille-pain, transformant la pièce en région inconnue où sévit un épais brouillard. Mais si l'on ouvre la porte pour chasser la fumée et l'odeur de brûlé, l'hiver, c'est dans un réfrigérateur que l'on prend son déjeuner. Stephen Boucher ne passe que quatre jours par semaine à la maison et chaque matin, il a envie de repartir pour ne plus jamais revenir de Toronto où il habite le reste du temps. Il se rend bien compte toutefois que quatre enfants (trois garçons et une fille) constituent une trop lourde charge pour Barbara. Il ne se désintéresse pas des soucis de sa femme mais, absent trois jours sur sept et deux fins de semaine sur quatre, il ne lui apporte qu'une aide éphémère qui n'allège pas beaucoup son fardeau. Les garçons sont les enfants les plus mal élevés du quartier et la fille ne vaut guère mieux. Il ne se passe pas de semaine que Barbara ne reçoive des plaintes des voisins quand ce n'est pas un agent de police qui sonne à la porte. Depuis long-temps déjà, elle le conjure de demander son transfert à Montréal mais Stephen objecte toutes sortes de raisons plus ou moins vraies ou plus ou moins fausses aux objur-gations de sa femme. La nervosité de Barbara, ses larmes, attisent ses remords mais il ne peut se résoudre à deman-der ce transfert. Il essaie bien durant les périodes qu'il passe à la maison de faire preuve d'autorité mais les garçons ne le craignent pas et la fille lui rit au nez. Cette autorité qui ne se manifeste que par à-coups glisse sur eux comme l'eau sur les plumes des canards. D'ailleurs, Ste-phen déteste gronder et punir : il ne lui plaît pas, durant le peu de temps qu'il voit ses enfants, de faire l'ogre. Si seulement un peu d'ordre régnait dans la maison ; si les disputes des enfants entre eux et avec les autres, si les cris de Barbara cessaient, il pourrait goûter en paix les joies du foyer et les satisfactions de la paternité. Mais l'atmosphère ne cesse de se dégrader ; elle devient franchement intena-ble certains jours où il a la sensation de n'être plus à leurs yeux qu'une machine distributrice d'argent. En dehors des frasques et des mauvais coups des enfants, les questions pécuniaires dominent presque tous ses entretiens avec sa femme tandis que les enfants lui réclament constamment de l'argent de poche avec lequel ils s'achètent des salope-ries.

Il admet volontiers que Barbara est exténuée, qu'elle s'use à la tâche sans beaucoup de plaisirs en compensa-tion. Mais tout en reconnaissant la triste monotonie de son existence, il soupçonne sa femme de s'y complaire. Elle se met en colère pour un rien et le soir, elle se refuse à toute tendresse. Il a beau la cajoler, la caresser, essayer de lui faire comprendre avec douceur que faire l'amour la dé-tendra, la reposera, elle s'endort pendant qu'il parle et il n'ose pas la réveiller. Depuis plus de trois mois, Stephen Boucher n'a pas touché à sa femme. Aussi, une sourde rancune bouillonne-t-elle en lui. Et pour comble, la veille, Barbara lui a lancé un ultimatum. Il doit demeurer à Mon-tréal où sa présence constante devient indispensable, avant que les garçons ne deviennent de véritables délinquants juvéniles et la fille, une traînée. Sinon, elle partira seule et lui laissera la corvée de les élever. Il a beau se répéter qu'elle n'en fera rien, qu'elle possède un sens trop élevé de ses devoirs (bien qu'elle les accomplisse d'une manière telle que les résultats sont plutôt navrants), qu'elle aime trop ses enfants pour les abandonner, il craint qu'elle ne tombe malade d'épuisement. Pourtant, il s'est retenu de lui avouer qu'effectivement, un poste lui était offert qui lui permettrait de rester définitivement à Montréal. La vérité lui fournit un argument fallacieux qui servit à calmer Barbara : le bureau étant en pleine mutation (c'était la vérité et la raison de l'offre qu'on lui avait faite), il devait attendre, patienter un peu avant de demander son transfert. Ce mensonge, ou plutôt cette omission lui a bien coûté quelques remords mais il s'en est vite délivré en songeant que ce n'était, en somme, que partie remise.

Autrefois, Barbara était une beauté que Stephen a disputé à trois ou quatre prétendants mais depuis quelques années, elle a pris de l'embonpoint, ses cheveux ont perdu leur éclat et une taie d'amertume et de lassitude voile ses beaux yeux. Comment une femme qui n'a pas encore quarante ans peut-elle se laisser aller ainsi ? Elle ne se maquille plus, ne s'habille plus pour le recevoir. Cette fois, c'était pis encore : il l'a surprise dans un débraillé inexcusable. Il était à peine rentré que les récriminations commençaient et elles n'ont pas cessé durant les six jours qu'il vient de passer à Montréal. Il repart ce matin même pour Toronto où il restera la prochaine fin de semaine. Cet arrangement lui paraît raisonnable mais il a dû trouver de bonnes raisons pour le faire admettre à Barbara. Elle a fini par comprendre que la fatigue occasionnée par ce va-et-vient entre les deux villes augmentait les risques d'accident. Elle en profitait naguère, le dimanche où il était à Toronto, pour visiter sa famille ou la famille de Stephen, mais à présent, trop fatiguée et déprimée, elle ne sort ni ne reçoit. Il se propose de les envoyer tous à la campagne durant l'été : l'eau, le grand air, l'espace, calmeront les enfants et reposeront Barbara.

Bien que son propre sentiment de culpabilité le porte

à l'indulgence, combien de fois n'a-t-il pas eu la tentation de ne pas revenir à Montréal ? Qu'est-ce qui le fait revenir dans cette ville et dans cette maison ? Mais après trois ou six jours passés à Toronto, il n'y tient plus : il doit revenir à Montréal, sa vraie patrie. En plus de retrouver Barbara qu'il aime toujours malgré tout et les enfants, il a besoin d'entendre parler et rire ses collègues francophones qui se moquent de ce « bloke » qui s'appelle Boucher et ne parle pas le français, bien qu'il affirme avec véhémence que son grand-père était un authentique Canadien français, un Québécois pure laine. Et ce besoin lui fait supporter ses gosses si mal élevés, le désordre de la maison et les jérémiades de Barbara.

Il songe à tout cela en conduisant sa voiture sur l'autoroute qu'il connaît si bien qu'il ne voit même plus le paysage d'ailleurs monotone. Il écoute la radio et se remémore les histoires grivoises qu'il a entendues à Montréal et qu'il se promet de servir à ses collègues torontois, gens d'affaires sérieux mais grands amateurs d'obscénités. Parfois, en été, il fait monter un auto-stoppeur mais il préfère voyager seul. Il se sent à vrai dire très bien dans sa voiture, sur l'autoroute ; il serait heureux de ne jamais arriver ni dans une ville ni dans l'autre. Il aimerait pouvoir rouler indéfiniment sur une bonne autoroute, dans sa puissante et confortable voiture en écoutant la radio. Mais à Toronto, il y a Babette. Elle l'a séduit dès le premier regard ; il convient qu'un coup de foudre à son âge est ridicule mais l'amour ne se commande pas. Devant le comptoir d'une pharmacie où il était allé boire un Coca-Cola par une journée torride, une voix féminine lui a demandé de passer le sucrier avec un accent qui lui a révélé sa nationalité. Que faisait une Française de France dans une ville anglo-saxonne comme Toronto ? Pourquoi n'était-elle pas à Montréal ou à Québec ? « It's a long story » a-t-elle répondu avec son accent inimitable qui ravit toujours Stephen. C'est à New York qu'elle voulait s'établir mais à la suite de diverses circonstances, elle enseignait le français dans un high-school torontois.

Il lui a téléphoné le lendemain et elle a accepté son

invitation à dîner. Il lui a menti toute la soirée en se faisant passer pour un célibataire endurci. À la deuxième rencontre, il s'est rétracté en inventant un nouveau mensonge : marié très jeune, il n'a pas été heureux et le mariage heureusement sans enfant s'est soldé par le divorce. Elle s'est donnée à lui dès cette deuxième rencontre et depuis, quand il est à Toronto, ils habitent ensemble. La ville a acquis de ce fait plus de charme à ses yeux et c'est maintenant avec regret qu'il retourne à Montréal au bout de trois ou de six jours. Contrairement à Barbara, Babette ne récrimine pas contre ses absences et semble en avoir pris son parti avec sérénité. Elle a essayé de lui apprendre le français mais il s'est montré si réfractaire qu'elle y a renoncé. Il craint trop de se trahir devant Barbara en employant des mots français qu'elle ne pourrait pas ne pas remarquer. Fine mouche, elle aurait tôt fait de déceler la vérité. Mais Babette ne tient pas plus que çà à ce qu'il parle français : elle préfère progresser elle-même dans la langue anglaise. Stephen trouve son accent adorable ; il la trouve tout entière adorable. Son élégance surpasse celle de toutes les Torontoises les mieux habillées. Sa démarche seule a ce petit quelque chose qu'aucune autre femme de sa connaissance ne possède. « She has the chic parisien, my little Frenchie », murmure-t-il. Elle sait nouer un foulard comme personne et la moindre petite robe acquiert sur elle un chic dont Barbara n'aura jamais la moindre notion, même si elle s'habillait chez un grand couturier. Et pourtant, la beauté de Barbara éclatait autrefois tandis que Babette n'est que jolie. Au début de leur cohabitation, il s'attendait à des repas à la française, compliqués, élaborés, exigeant une longue préparation. Mais Babette lui sert la plupart du temps des grillades, des salades (qu'il abhorre), des yaourts et des fruits frais parce qu'elle déteste faire la cuisine et qu'elle surveille sa ligne. Aussi, apprécie-t-il les ragoûts et les spaghettis de Barbara, ses roastbeefs accompagnés de yorkshire pudding dont il raffole, ainsi que ses énormes gâteaux au chocolat enrobés d'une épaisse crème. Barbara fait admirablement la cuisine. Ainsi, chaque femme lui apporte quelque chose de personnel, de différent, mais en même temps de si nécessaire à son bonheur que Stephen Boucher ne croit pas pouvoir jamais se passer ni de l'une ni de l'autre. D'autant plus que les nuits passées avec Babette le consolent de la froideur de Barbara.

Pourtant, Stephen Boucher n'est pas satisfait de la tournure que prennent les événements et il n'aime pas se rappeler le visage las de Barbara lorsqu'elle lui a dit au revoir. Ce bonheur qu'il s'est forgé, il en sent la fragilité et quelque chose d'autre qu'il n'ose pas s'avouer franchement. Au fond, il n'aime pas Toronto ; il ne voudrait pas y passer sa vie mais il y a Babette. Il adore Montréal, sa ville natale, sa vraie patrie, d'où Barbara et les gosses le font fuir. Il vit à la française dans la ville anglo-saxonne et dans celle qui se proclame la deuxième ville française du monde, il peut oublier (mais pour combien de temps encore) que le français existe. « What a joke ! Quelle blague ! » se répète-t-il, devenant bilingue pour la circonstance. La veille, au téléphone, Babette avait un ton mystérieux qui le porte à croire qu'elle est enceinte. La perspective de cette paternité ne lui déplaît pas, en dépit des nouvelles difficultés qu'elle fera surgir. Il sera curieux d'observer la manière dont une Française de France élèvera son enfant. Il lui semble que les parents européens sont plus stricts que les Nord-Américains. « We'll see ». Il passe d'une civilisation à l'autre avec une facilité et une habileté qui le réjouissent. Il se croit le plus canadien des Canadiens. Si son grand-père Boucher n'avait pas épousé une Irlandaise, Stephen n'aurait jamais connu Barbara et peut-être ne se serait-il pas marié avant de rencontrer Babette mais il juge inutile de se perdre dans ce genre de rêverie. Stephen goûte la vie telle qu'elle se déploie. Après tout, cette bigamie ne fait de tort à personne. Les dangers qu'elle recèle, les complications qui peuvent en découler ne font qu'ajouter du piquant à son existence. Dans une ville comme dans l'autre, il a un foyer : une femme et des enfants à Montréal et une femme et une future paternité à Toronto. Il est « at home » dans les deux villes. Le désordre de Barbara lui fait apprécier l'ordre qui règne dans l'appartement de Babette mais la cuisine de la première lui permet de sourire devant les maigres repas que lui sert la seconde. Alors que Barbara et ses enfants lui réclament constamment de l'argent, Babette l'oblige à économiser, s'intéresse aux valeurs de la bourse et lui enseigne l'épargne. Et les nuits passées auprès de la pauvre Barbara sont oubliées dans les bras de Babette. Si les deux femmes apprennent un jour leur existence réciproque, il sera toujours temps d'aviser : pour l'instant, Stephen refuse d'envisager cette désagréable conjoncture. Mais peut-être conviendra-t-il d'envoyer les enfants au pensionnat dès l'automne et inciter Barbara à se chercher du travail hors de la maison. Travailler la distraira et contribuera à mieux équilibrer le budget qui s'alourdit. Elle était une très bonne psychologue pour enfants avant son mariage : elle réussissait mieux avec les enfants des autres qu'avec les siens. Stephen est convaincu qu'il vient de trouver la bonne solution aux difficultés de son ménage montréalais. Quant à celui de Toronto, si Babette est réellement enceinte, il traversera une période difficile mais Stephen ne doute pas qu'il trouvera la bonne clef au moment voulu.

À Sault-Sainte-Marie où il s'arrête toujours en cours de route, il abandonne sa personnalité montréalaise et endosse sa torontosité. Il prend son repas dans un modeste restaurant pour grands routiers. Il bavarde avec les conducteurs des énormes véhicules garés devant le restaurant et s'étonne d'apprendre que pas un n'est bigame. Mais il les envie de vivre sur la route, de n'être jamais réellement nulle part, de repartir sitôt arrivés. Stephen ne se sent vraiment bien que dans sa voiture, à la frontière des deux provinces.

La fête des mères

C'était aujourd'hui la fête des mères. Quelle idiotie ! Et comme elle illustre bien la société de consommation à outrance dans laquelle nous vivons. Mais ce qui est plus grave encore à mon sens, elle nous confine dans les rôles que l'on nous a dévolus à tout jamais, semble-t-il. C'est comme si on nous disait : « Vous recevrez des cadeaux aussi longtemps que vous serez les bonnes mamans que nous voulons que vous soyez. » En somme, l'on nous récompense si nous sommes sages. Que c'est bête et commercial ! J'ai beau répéter à mes enfants : « Je vous en prie, si vous voulez me faire plaisir, oubliez cette fête. Je ne l'aime pas. Je ne veux pas que vous me fassiez des cadeaux parce que je vous ai mis au monde », notre fils et notre fille aînée n'en démordent pas et refusent d'admettre que les fleurs qu'ils m'offrent ce jour-là m'humilient. Seule la cadette comprend et partage mes idées. Elle-même a déclaré à ses enfants : « C'est un dimanche comme un autre. Si vous me donnez des cadeaux, je les reporterai au magasin et je garderai l'argent. Je refuse d'être dupe. » Au début de notre mariage, mon mari m'offrait des fleurs ce jour-là mais une année, alors que je savais qu'il me trompait, j'ai jeté les fleurs dans la poubelle. Les avoir mis au monde mérite-t-il que nos enfants nous récompensent ? Souvent, il aurait mieux valu qu'ils ne soient pas nés. Cela me révolte. De plus, cette gentillesse instituée par les marchands et forcée en quelque sorte me donne des remords car mes enfants ne savent pas que j'ai voulu tout quitter, que je les ai haïs à une certaine époque. Le vent de certaines tempêtes s'est depuis longtemps apaisé mais parfois, un courant de souvenirs afflue dans ma mémoire. Il est difficile et pénible de vivre au milieu des siens avec un secret qu'ils ne connaîtront jamais, qu'ils n'ont jamais partagé, même (surtout) celui qui est mon compagnon depuis plus de quarante ans. Un compagnon qui a quelquefois quitté ma route pour suivre un sentier qui ne le menait nulle part : il le comprenait après un laps de temps plus ou moins long. Je le retrouvais au tournant des jours, contrit, repentant. Mais en ai-je passé des soirées solitaires lorsque les enfants étaient petits ! C'étaient des comités, des dîners, des congrès. Ses affaires l'accaparaient tellement qu'il ne lui restait plus beaucoup de temps à nous consacrer. Les enfants le connaissaient à peine. Ils voyaient leur père une heure par ci, une heure par là : ils lui parlaient le plus souvent au téléphone, lorsqu'il appelait pour prévenir qu'il ne rentrait pas dîner. Je me suis parfois demandée comment ces enfants avaient été faits car lorsque ma pensée retourne en arrière, je me vois si souvent seule dans la chambre, seule dans le lit, attendant, épiant le bruit du moteur de la voiture, celui de la porte du garage, puis des pas dans l'escalier. Mais je finissais par m'endormir et lorsqu'il rentrait, je m'enfonçais davantage dans le sommeil, je refusais de me réveiller pour l'accueillir. Il fume sa cigarette en lisant le New York Times. Pourquoi tient-il toujours à lire le New York Times le dimanche ? Il a pris sa retraite mais il ne peut pas se désintéresser complètement des affaires. Je crois qu'il s'ennuie de ne pas aller au bureau tous les matins. Il n'a qu'une confiance mitigée en notre fils mais il a tort. Ils sont de la même espèce tous les deux. Notre fils ne prise pas du tout les conseils de son père mais je lui ai fait comprendre qu'il est difficile de renoncer, surtout à ce que l'on a bâti soi-même. Voilà qu'il a cessé de lire et qu'il me regarde. Il lui arrive maintenant de me regarder ainsi pendant que je couds ou que je tricote. Si je lui demande : « Qu'est-ce que tu as à me regarder comme ça ? », il me répond : « C'est défendu de regarder sa vieille ? » Je n'aime pas du tout qu'il m'appelle ainsi. Moi, je ne l'appelle jamais : mon vieux. Je ne suis la vieille de personne. Je fais teindre mes cheveux depuis des années et il parle maintenant de faire teindre les siens. À son âge, quelle idée ! Il n'a pas vieilli autant que moi mais il a terriblement peur de la vieillesse. Moi, je ne la crains pas : il me semble que je l'ai toujours attendue. J'ai soixante-cinq ans et il en aura soixante-dix à son prochain anniversaire. Mon Dieu, est-ce possible ? Comme la vie passe vite malgré tout. C'était hier que les enfants étaient petits, que je les préparais pour leur premier jour à l'école, pour leur première communion. C'était hier que notre fille aînée nous apprenait qu'elle était amoureuse et songeait à se marier. Puis, l'année suivante, c'était notre fils et deux ans plus tard, notre fille cadette. Puis, les petits-enfants sont apparus et maintenant, c'est pour eux que je couds et que je tricote.

Après leur départ, lorsqu'ils sont tous venus comme aujourd'hui, il se fait un tel silence dans la maison que j'entends le moindre frémissement. Le tic-tac de l'horloge est plus sonore et lorsque son carillon sonne les quarts d'heure, il éclate comme les sons après une tempête de neige, quand la nature s'est calmée. Je me demande s'il ressent le silence comme moi. Je sais que ces journées le fatiguent et qu'il retrouve avec bonheur notre quiétude. Comme c'est rassurant de le voir en face de moi, fumant et lisant le journal. Autrefois, c'était différent. Ses affaires qui l'occupaient tellement ne l'empêchaient pas d'avoir de temps à autre une liaison, oh ! passagère. « Cela n'a pas d'importance, tu le sais bien. Ça se passe au hasard des rencontres », me disait-il. Il m'offrait un bijou pour se faire pardonner. Quand je porte mes colliers ou quand j'épingle une broche à mon corsage, je commémore en quelque sorte une infidélité de mon mari. La bague que j'ai au doigt ce soir : un rubis cerclé de diamants, quand était-ce ? Ah ! oui, notre fille aînée n'avait pas trois ans. C'était sa première infidélité. J'ai voulu me tuer quand je l'ai apprise.

Comme j'étais stupide. Se tuer parce que son mari couche avec une autre. Je me suis bien vite guérie de pareilles tentations et j'ai pris le parti de fermer les yeux. Nous coulons à présent des jours tranquilles. Il m'a dit il y a un instant que la femme de notre fils lui rappelle la femme que j'étais à quarante ans. Lorsqu'il m'a fait cette remarque, j'ai ressenti un grand trouble. Il a la certitude que notre belle-fille trompe son mari et il m'a demandé si nous devions faire une discrète enquête. Quelle idée ! Comme si cela nous regardait. Je l'ai supplié de n'en rien faire. Je ne veux pas que nous nous immiscions dans la vie privée de nos enfants. Et l'existence que notre fils fait mener à sa femme ressemble trop à celle que j'ai connue pour que je m'étonne de . . . Lui aussi est très accaparé par les affaires et le soir et même le dimanche et les jours de congé, notre belle-fille reste souvent seule. Et puis, à cause du passé, je ne veux pas qu'on l'espionne. Il y a quelque temps déjà que je me doute de quelque chose ; je ne l'avais dit à personne et je ne suis certes pas celle qui lui jettera la première pierre.

Si je disais à mon mari, si je lui apprenais ce qui s'est passé autrefois, quand j'avais justement l'âge de notre belle-fille, je me demande comment il le prendrait. Personne ne l'a jamais su. Pourtant, quelle imprudence j'ai commise en ce temps-là ! J'en frémis lorsque ce souvenir remonte à la surface, tel un corps de noyé. S'il savait, si seulement il l'apprenait, que répondrait-il ? Si maintenant, en ce moment même, je cessais de tricoter et lui disais calmement : « Tu sais, je t'ai trompé autrefois. J'ai eu un amant il y a vingt ans. Ce que tu soupçonnes chez notre belle-fille, je l'ai fait, moi, et tu ne l'as jamais su. Rappelle-toi comme j'étais nerveuse et fébrile à cette époque. Tu m'as conseillée de consulter un docteur. J'étais malade mais de quoi ? Je n'ai jamais dévoilé au médecin ce qui s'était réellement passé. Je me suis à la vérité guérie toute seule avec l'aide de Dieu et aussi, bien entendu, les calmants que le docteur m'a prescrits. Je ne me suis pas accusée d'adultère en confession : je n'ai pas osé et je suis quand même allée communier des centaines de fois. Dieu me jugera mais plus le temps passe, plus j'ai peur de la mort. J'ai payé cher une seule infidélité tandis que toi, je suis bien certaine que tu ne songes même plus à toutes celles que tu as commises. » Il croirait que j'invente ou que je suis devenue subitement folle. Surtout si je lui disais avec qui je l'ai trompé. Il était si jeune, il avait vingt ans de moins que moi. Il aurait pu être mon fils et le fait est qu'il était à peine plus âgé que mon fils. Qu'est-ce donc qui m'a poussée dans les bras de ce jeune homme ? Et de cette manière. Il me semble que je rougis : le feu me monte au visage et je crains toujours lorsque ces souvenirs surgissent, que mon mari s'en aperçoive. J'ai connu dans les bras de ce jeune étranger un plaisir d'une telle amplitude que même après vingt ans, j'en ressens toujours les effluves. Moi, une vieille femme. Est-ce possible ? Je ne comprendrai jamais ce qui m'est arrivé. Tout le temps que cette liaison . . . non, cette crise a duré, je me suis séparée de moi. J'étais deux personnes. La femme respectable : épouse fidèle, ménagère accomplie, mère irréprochable. L'autre : la femme qui se roulait avec un jeune homme sur la moquette du salon, poussant les cris de la chair extasiée. Mon Dieu ! Était-ce l'amour ? Cette frénésie qui m'habitait, était-ce l'amour tel que mon être profond le désirait ? Le plus dur a été de cacher cette femme, de la contrôler, de faire en sorte que personne ne la connaisse, ne soupçonne même son existence. Peut-être aurais-je poussé la folie jusqu'à la limite et que je serais partie avec lui s'il n'y avait pas eu entre nous cette trop grande différence d'âge. Il m'aurait abandonnée, sûrement, après un court espace de temps, deux ou trois ans peut-être, et que serais-je devenue ? Ces souvenirs sont mes remords mais après vingt ans, ils me grisent dès que je les sollicite. Qu'il était beau ! C'est sa beauté qui m'a éblouie. Je n'ai jamais vu un homme plus beau que lui, ou même aussi beau. Il ressemblait au David de Michel-Ange dont la réplique a été exposée dans un centre commercial à cette époque et qui a fait scandale. J'avais quarante-cinq ans, il en avait vingt-quatre. Qu'est-il devenu, le pauvre garçon ? Une fois seulement, je l'ai aperçu dans un grand magasin. Il était en compagnie d'une jeune femme. J'ai reçu un choc, mes mains sont devenues toutes moites et mon cœur a battu très fort. Je me suis éloignée. Je ne voudrais pas le rencontrer, lui parler : j'aurais trop honte. Car comment oublier qu'aucun autre homme n'a connu cette femme que je suis ? Que cet étranger a tenu dans ses bras une femme palpitante qui était moi ? Que cet inconnu me connaît comme personne d'autre, même pas mon mari ? Il doit être marié depuis longtemps : il a sans doute des enfants. Sont-ils aussi beaux que lui ? Si je disais à mon mari qui vient de reprendre la lecture de la page financière du New York Times : « Écoute, j'ai un aveu à te faire. Je t'ai trompé une fois. C'est un souvenir qui me déchire et je voudrais que tu le partages. Cette femme que je suis, avec qui tu vis depuis plus de quarante ans, tu ne la connais pas. Je me suis conformée à ce que tu attendais de moi parce que je n'avais été préparée à rien d'autre. J'ai été une épouse compréhensive, une mère exemplaire, une ménagère accomplie. Mais l'amour, je l'ai connu dans les bras d'un jeune David qui était bien loin de posséder ton intelligence et tes aptitudes. » Que répondrait-il ? Quelle contenance adopterait-il ? Je serais bien curieuse de la connaître. Je sais depuis longtemps ce qu'il pense parce qu'il me l'a lui-même confié : « Je suis de la vieille école. Je n'aurais pas admis que ma femme prétende à une existence indépendante aussi longtemps qu'elle habitait sous mon toit. Tu as été la reine du foyer, reconnais-le. Je ne me suis jamais mêlé de la régie interne de la maison et je n'ai pas lésiné sur l'argent, conviens-en. Tu n'as eu qu'à demander pour recevoir. Je n'exigeais même pas que tu me rendes compte de l'argent que tu dépensais. Je te faisais confiance et je te savais capable de gérer ton budget. Je te rends la justice que la maison était impeccable. Et quant à l'éducation des enfants, j'admets que j'étais si occupé que tu en as eu presque toute la charge. Je te respectais et je ne crois pas m'être jamais conduit avec toi comme un goujat. Si une femme comme toi m'avait trompé . . . non, je suis sûr que la pensée ne t'a même jamais effleurée. Mais enfin, si par une circonstance ex-

24

traordinaire et difficile à imaginer, par exemple, pendant un de mes voyages d'affaires, tu avais profité de mon absence pour . . . non, je ne peux pas l'envisager. Cela aurait voulu dire que tu étais encore capable d'aimer un homme plus que moi après m'avoir épousé, puisque cet amour t'aurait fait oublier ton devoir le plus sacré. Une femme comme toi ne flirte pas : elle se donne tout entière et pour toujours. La première fois est aussi la dernière. Le remords t'aurait rendue malade. Telle que je te connais, tu m'aurais tout avoué en pleurant. Tu n'aurais pas pu continuer à vivre sous mon toit, porter mon nom, être la mère de mes enfants. Tu ne pourrais pas accepter, bien que ça ne te plaise pas, que les enfants viennent chaque année te souhaiter une bonne fête des mères. » Il a dit ces derniers mots en souriant mais moi, j'avais des sanglots plein la gorge, non à cause de ce qu'il me disait mais à cause de son aveuglement, de sa belle certitude, de sa totale méconnaissance de mon caractère, lui, mon mari. Je ne lui ai rien avoué en pleurant, j'ai continué à habiter sous son toit, comme il dit, comme si ce toit n'était pas aussi le mien ; j'ai continué à être la mère de mes enfants. « Ainsi, tu n'aurais pas pardonné ? » lui ai-je demandé. « Non, jamais. » Je ne lui en veux pas parce qu'il n'est pas plus coupable que les autres. C'est ainsi depuis que les hommes établissent les lois et les coutumes qui régissent notre vie. Autant dire depuis toujours.

C'était un jour de printemps, je me le rappelle parfaitement. Comment l'oublier ? Il est venu comme chaque semaine livrer les vêtements que j'avais fait nettoyer : quelques robes, un manteau, un complet de mon mari. Je me souviens de tout, même de ces détails insignifiants. J'étais seule à la maison. Sa silhouette tout auréolée de soleil dans la porte. Ce jour-là, le soleil éblouissait et donnait envie de faire des folies, comme de crier, de courir, de chanter à tue-tête. Le printemps chez nous est une saison dangereuse. Après des mois de froid et de glace, de vent et de tempêtes, la vie afflue avec une force, une exhubérance irrésistibles. Je lui ai ouvert en peignoir car je me préparais à sortir et je venais de prendre une douche. Il a fermé la porte, est entré dans le vestibule tandis que j'allais chercher l'argent pour le payer. En me rendant la monnaie, sa main a effleuré la mienne. Il avait de belles mains fines, nerveuses, couvertes de poils dorés comme ses cheveux. Il avait la blondeur du miel dans le soleil qui nous inondait. Il m'a regardée, le visage soudain chaviré. Mon cœur s'est mis à battre follement, un frisson a parcouru mon corps, un désir comme je n'en avais jamais ressenti, comme je ne me croyais pas capable d'en ressentir. J'ai eu terriblement peur car je compris que s'il essayait de m'embrasser, je ne résisterais pas. D'ailleurs, j'appelais son baiser de toutes mes forces. Nous avons roulé sur le tapis de l'entrée. Une passion effrénée nous a jetés l'un vers l'autre comme deux affamés se jettent sur la nourriture. Une telle jouissance a inondé mon corps ce jour-là que je suis restée comme hébétée durant plusieurs heures. Par un immense effort de volonté, je me suis alors détachée de moi afin que personne ne s'aperçoive de mon état. Mais j'étais comme une somnambule : je n'entendais pas ce que l'on me disait et je voyais à peine ceux qui étaient en face de moi. J'avais l'air de revenir de très loin quand je leur répondais. Il me semblait que ma chair ne se calmerait jamais. Mes enfants s'étonnaient : « Qu'est-ce que tu as, maman ? Qu'est-ce qui t'arrive ? Es-tu malade ? » Je l'étais certainement. Comment expliquer autrement mon état ? Mon mari était à New York pour quelques jours, heureusement. À son retour, il ne s'est aperçu de rien. J'avais réussi à me maîtriser. Mais durant les six mois suivants, j'ai mené une double vie ou plutôt, je me suis dédoublée moi-même. J'ai été vraiment deux personnes et c'est de la deuxième que je me souviens. Le reste se perd dans une nébulosité triste. J'ai dû me ressaisir pourtant puisque l'on ne me posait plus de questions. Puis, je suis tombée sérieusement malade : j'ai même cru que j'allais mourir. Les médecins se perdaient en conjectures sur la cause et la nature de ma maladie. Fatigue nerveuse, besoin de changement, ont-ils fini par diagnostiquer. Je suis allée me reposer en Floride avec ma fille cadette et lorsque nous sommes revenues,

David avait disparu. Personne ne s'est jamais douté de la cause de ma maladie. C'était exactement ce que je désirais. Mais dans quel abîme de dissimulation nous faut-il tomber pour être capable de traverser un tel orage, en sortir, et reprendre la vie où on l'avait laissée avant que la tempête ne s'abatte sur nous ? Il n'est pas possible que je n'aie pas changé après une telle crise et pourtant, personne n'a jamais fait la remarque que l'on me trouvait moralement changée. Après ses aventures, mon mari restait le même, troublé seulement par un léger remords qu'il supprimait en m'offrant un bijou que j'acceptais comme si j'étais dupe. Tandis que moi, je vis depuis vingt ans avec un secret qui me fait douter de mon salut éternel. Une demi-année pèse plus lourd que les soixante-quatre autres dans la balance de ma vie. Durant six mois, j'ai été secouée, bouleversée, remuée de fond en comble. Au bout de cette longue route, rien d'autre ne m'attendait que les vieilles habitudes, le carcan des vieilles contraintes. J'ai haï mes enfants et si je ne suis pas partie, je ne suis pas certaine que ce soit à cause d'eux. J'ai eu peur de l'aventure dans laquelle j'aurais inévitablement été entraînée. Chaque fois qu'il apportait nos vêtements nettoyés, nous faisions l'amour. Je n'ai jamais fait autant nettoyer notre linge que durant ces six mois. J'ai même détraqué la machine à laver pour me donner un prétexte à faire laver notre linge par la buanderie qui l'employait. Il m'avait dit que, en plus de son salaire, il touchait une commission sur chaque commande. Ce sont là des détails qui paraissent sordides, qui le sont sûrement. Si je les confiais à mon mari, il ne douterait pas que j'avais perdu la raison. Peut-être l'avais-je perdue en effet. Les jours où il livrait le linge, si la présence à la maison de l'un de nos enfants m'obligeait à ma retenue habituelle, j'étais si malheureuse, si fébrile, que j'avais peine à retenir ma colère. Je haïssais cet enfant qui m'empêchait de passer quelques instants dans les bras de mon jeune amant. J'allais dans la salle de bains asperger mon visage avec de l'eau froide et même parfois tout mon corps pour en éteindre le feu que la seule vue du jeune livreur allumait en moi. Est-ce possible que j'aie été cette femme passionnée, éperdue de désir pour un jeune homme dont tout me séparait ? Comme on ne se connaît pas. Si ce David n'était pas tombé dans ma vie par une claire journée de printemps, je n'aurais jamais su ce que j'étais réellement. Mais il était trop tard : le carcan bien fermé ne se rouvrait pas. Il m'a demandé une fois de m'enfuir avec lui mais il en comprenait tout autant que moi l'impossibilité, non à cause de notre situation sociale (du moins le croyais-je), que du trop grand nombre d'années qui nous séparaient. « Tais-toi, David. Ne me tente pas. Tu le regretterais le premier. Tu te lasserais d'une vieille femme qui ne serait même pas capable de gagner sa vie lorsque tu l'abandonnerais. Parce que je serais trop vieille et parce que je ne sais pas faire autre chose que ce que je fais et que j'ai toujours fait. » Je n'ai jamais su comment il s'appelait. Pour moi, il était David. Même après toutes ces années, ce nom me fait frémir et l'on se moque de ma préférence pour mon petit-fils qui se prénomme David. Que dirait-il, celui qui lit en ce moment les cotes de la bourse de New York, s'il apprenait le nombre de fois que j'ai fait l'amour sur la moquette du salon, sur le canapé, avec un jeune homme qui avait l'âge de notre fils ? Que mon corps nu a roulé sur la moquette, électrisé par une telle jouissance que j'ai parfois failli m'évanouir ?

Je hais la fête des mères parce qu'elle remue le passé, fait sourdre des souvenirs enfouis avec tant de peine dans les profondeurs obscures de ma conscience. Si Dieu me voit, peut-être comprend-il mais je n'en suis pas si sûre que ça. Quand je me tiendrai devant la fatale barrière, peut-être me dira-t-il, lui aussi : « Je ne te pardonne pas. » Après tout, Dieu n'a-t-il pas été créé par l'homme ?

Le facteur mélomane

Lorsque lui furent attribuées ces rues grouillantes, populeuses, aux façades ornées d'escaliers droits ou en colimaçon, le facteur Gaston Plateau ne fut pas particulièrement heureux. Cependant, il se fit une raison, sachant que ces escaliers, plus dangereux les uns que les autres, l'hiver, lorsque chaque marche recèle un guet-apens sous forme de glace ou de neige, étaient réservés aux nouveaux, jeunes hommes aux jambes alertes pour qui une fracture était moins à craindre que pour leurs aînés. Gaston Plateau empoigna donc son sac bien gonflé de lettres, magazines, circulaires, petits paquets, quitta le centre de tri postal, monta dans l'autobus qui l'amena vers la rue où commençait sa tournée. En ce jour de septembre, le soleil jetait à pleins rayons sa lumière rousse et dorée sur les façades de briques et de pierre, toutes ornées de balcons plus ou moins délabrés et d'escaliers plus ou moins branlants. Gaston Plateau jetait dans la fente des portes les journaux, les lettres et les magazines, content de sentir s'alléger le poids de son sac. Il montait et descendait les escaliers qui conduisaient au deuxième étage et les quelques escaliers qui s'élançaient jusqu'au troisième. Les premiers temps, ces exercices forcés causaient aux muscles des jambes une douloureuse tension mais bientôt, les muscles s'assouplirent dans ces quotidiennes et obligatoires ascensions et descentes.

Par les fenêtres ouvertes lui parvenait l'écho de l'humble existence du peuple laborieux à qui il distribuait le courrier : les odeurs matinales du café et du pain grillé ; les voix enjouées ou courroucées, les éclats de rire ou les bâillements sonores d'un homme en mal de se réveiller, les pleurs d'enfant, des sonneries de téléphone, un poste de radio déversant les flashes publicitaires ou la musique pop. Les jours de soleil, il rencontrait des femmes et des hommes sur les perrons et les balcons et butait contre les enfants qui jouaient sur le trottoir. Mais le facteur ne prêtait qu'une oreille distraite, une attention vite détournée aux diverses manifestations de ces vies ordinaires où pourtant des drames projetaient parfois jusque dans la rue les éclats de leur désordre. Mais le facteur ne s'attardait pas, nouait peu de conversations, s'esquivait devant toute tentative pour le retenir et allait rapidement d'une maison à l'autre, vidant peu à peu sa boîte de Pandore au fond de laquelle restait souvent l'espérance qu'il n'avait pu livrer. Dans le quartier habité en grande partie par des ouvriers, des manœuvres, des chômeurs, volontaires ou non, la misère ne sévissait pas mais une médiocrité poisseuse les jours de pluie, lugubre l'hiver. Certaines maisons cachaient, sous une propreté excessive et quelques plantes que le gel avait tôt fait de saisir, le secret d'une pauvreté discrètement honteuse.

Gaston Plateau ne fit pas tout de suite attention au piano. Ce fragment sonore faisait partie d'un tout : l'existence quotidienne du quartier. Mais bientôt, le facteur se mit à l'entendre, puis à l'écouter. Par beau temps, les sons accouraient au-devant de lui. Gaston Plateau hâtait le pas, montait et descendait les escaliers à toute vitesse afin d'arriver plus vite devant la maison qui lançait par ses fenêtres ouvertes les guirlandes d'accords et d'arpèges. Il glissait rapidement dans les fentes les lettres et les journaux, s'impatientait de la lenteur que l'on mettait à lui ouvrir quand un paquet ou une lettre recommandée réclamait une signature. Les sons accentuaient la lumière, éclairaient la journée, adoucissaient et allégeaient l'air. Les jours pluvieux, ils mettaient un peu plus de temps à l'accueillir mais dès qu'ils l'avaient rejoint, la grisaille s'éclairait, la pluie chatouillait agréablement le visage du facteur. À la mi-octobre, lorsque les maisons se calfeutrèrent contre le froid avec les doubles-fenêtres, Plateau n'entendit plus le piano que lorsque, ayant monté l'escalier extérieur, il glissait les lettres dans la fente de la porte qui lui renvoyait des notes comme pour le remercier d'avoir livré le courrier. Parfois, il ouvrait cette porte qui n'était jamais verrouillée, déposait le courrier sur les premières marches de l'escalier intérieur et s'attardait à écouter. Il ignorait si l'artiste était un homme ou une femme mais il avait le pressentiment qu'il était jeune sans être un enfant. Dans ce qui semblait être des exercices d'assouplissement, les notes ruisselaient, lancées avec un juvénile enthousiasme. Elles fusaient du grave à l'aigu, puis de l'aigu au grave, d'abord très lentement, puis de plus en plus vite pour finir dans une descente vertigineuse, comme si une petite paire d'ailes était accrochée à chaque doigt de l'exécutant. D'autres sons, plus espacés, des notes répétées plusieurs fois, des accords qui pétrissaient le clavier, exprimaient une volonté tendue par l'effort visant à la perfection. Ces gammes et ces arpèges rappelaient à Gaston Plateau ses propres montées et descentes dans les escaliers du quartier. Ses jambes souples et alertes ne sentaient plus la fatigue mais tout en allant d'une maison à l'autre, le facteur rêvait de montées et de descentes sonores et harmonieuses. Il se souvenait de ses efforts enfantins pour apprendre à lire et à écrire ; il se revoyait, traçant des bâtons, épelant un mot lettre par lettre. Toute connaissance est donc difficile à atteindre ; tout apprentissage, ardu. Les sons volaient dans la cage de l'escalier comme des oiseaux égarés cherchant une issue. Immobile au pied de l'escalier, la main sur la poignée de la porte qu'il ne se décidait pas à rouvrir, Gaston Plateau croyait assister aux préparatifs d'un sacrifice rituel et se sentait plein de respect pour cet inconnu qui en était l'officiant. Il lui plaisait qu'un être existât ainsi par le seul truchement des sons. Il le parait d'une grande beauté, d'une grâce rayonnante, changeante selon le mode, le rythme, la tonalité des morceaux exécutés. Le facteur reprenait sa tournée, un peu étourdi, la tête pleine d'harmoniques, se sentant un peu plus différent chaque jour, sans bien comprendre toutefois quelle métamorphose il était en train de subir.

Mais à partir de la seconde semaine de décembre, retardé par le courrier plus abondant des fêtes de Noël, le facteur arrivait à la maison quand les exercices terminés, la musique créée par les maîtres l'accueillait. Le morceau n'était pas exécuté du commencement à la fin, d'un seul trait, comme lorsqu'il était joué à la radio ou à la télévision (Gaston Plateau aimait avec passion les concerts télévisés. Un chef d'orchestre dirigeant du bout de sa baguette une centaine de musiciens était pour lui un dieu). Mais le pianiste de la maison sonore s'arrêtait souvent, reprenait plusieurs fois le même passage, le jouait lentement, jetait sur le piano un accord rageur, donnait sur le plancher un coup de pied qui résonnait dans toute la maison avant de recommencer la phrase récalcitrante. Étonné, Gaston Plateau assistait de loin à la difficile gestation, la montée raide et pleine de ronces vers la perfection. Mais lorsque la phrase musicale était enfin jouée sans défaillance, le facteur ressentait un bien-être inexprimable comme si, après avoir parcouru l'aride chemin en même temps que l'artiste, il lui était donné de contempler un merveilleux paysage. Les jours où le pianiste, en pleine possession de l'œuvre, la jouait du commencement à la fin sans s'interrompre, sans colère, sans coups de pied, le facteur goûtait un instant d'intense bonheur comme s'il avait lui-même pris part au travail de l'exécutant. Il oubliait qu'il se trouvait au pied d'un escalier où il n'avait à la vérité rien à faire, qu'il avait encore du courrier à distribuer, que la courroie du sac écrasait son épaule et qu'il devait monter et descendre des dizaines d'escaliers, que des personnes attendaient avec une impatience croissante des messages essentiels, qu'il avait peut-être à livrer à des inconnus des lettres d'amour comme lui-même n'en recevait jamais. Mais le temps perdait sa mesure habituelle : il ne se comptait plus en secondes, ni en minutes, mais en harmoniques ailées qui épandaient sur Gaston Plateau leur manne bienfaisante. Il ne sortait que la dernière note jouée et reprenait sa tournée, suivi par les harmoniques qui continuaient de dérouler autour de lui leur ondoyante écharpe. Il avait participé à une cérémonie secrète, célébré un sacrifice où la possibilité de se transmuer lui avait été offerte et qu'il ne tenait qu'à lui de saisir et d'achever. Les jours où il n'y avait pas de courrier à distribuer à cette adresse particulière ou bien lorsque le piano ne résonnait pas, il sentait avec plus d'acuité le poids de son sac, la dureté de l'hiver, les piqûres du froid, le danger d'une marche couverte de glace. Il lui manquait quelque chose qu'il aurait été bien en peine de définir mais qui lui était devenu aussi fondamental qu'à un croyant sa prière du matin. L'arrêt devant la maison sonore, l'écoute de quelques notes sur un piano, changeaient les jours sombres en jours clairs et radieux, influaient sur le regard que le facteur jetait sur la vie et les hommes.

Il découvrit que l'artiste était une jeune fille le jour où il livra à son adresse une lettre recommandée. À son coup de sonnette, le piano se tut brusquement. Une jeune fille qui ne paraissait pas avoir plus de seize ans parut à la tête de l'escalier. Il s'approcha d'elle avec timidité et respect, comme devant l'apparition d'une créature céleste, lui tendit la lettre et le cahier dans lequel elle devait signer. Tandis qu'elle écrivait son nom, il admira les doigts au bout charnu, écartés l'un de l'autre, comme si chacun avait eu une existence personnelle, indépendante. Qu'une si jeune fille, presque une enfant, pût produire des sons aussi beaux, des sons qui pouvaient même influer sur la manière de vivre sa journée, tenait du miracle. Gaston Plateau eut comme un éblouissement. Pour elle, il n'était que le facteur : une sorte de machine distributrice du courrier. Mais elle lui offrait sans le savoir le merveilleux présent de son âme musicale que Gaston Plateau recevait, tel un précieux trésor. Cette rue qui se remplissait chaque matin des sons du piano d'une jeune fille, était la plus belle du monde. Il lui trouvait un charme incomparable et n'en aurait pas changé pour une avenue plus tranquille, ombragée, aux pavillons cossus, sur les façades desquels aucun escalier ne dressait son armature.

Cependant, au mois de septembre suivant, le piano se tut définitivement. Tous les jours, dès qu'il posait le pied dans la rue, le facteur tendait l'oreille. Mais aucun son ne sortait plus de la maison. Gaston Plateau crut que la pianiste était malade mais il ne savait comment s'en informer. Aucun paquet ni lettre ne nécessitait qu'il sonnât à la porte. Cet automne pourtant si ensoleillé s'imprégna de tristesse. Le sac s'alourdit, les escaliers cachèrent des embûches que le facteur évitait de justesse et lorsque le ciel bas pleurait ses nuages, le facteur traînait avec lui une inexprimable mélancolie.

Mais un jour, il remarqua l'enveloppe lisérée de bleu et de rouge. Il ne put s'empêcher de l'examiner : elle venait de l'Allemagne. Dans le coin gauche, il lut le nom de l'expéditrice et comprit la raison du silence qui le chagrinait tant. La jeune pianiste poursuivait en Allemagne ses études musicales et c'était elle qui écrivait à ses parents. Gaston Plateau retira sa casquette, s'épongea le front avec son mouchoir et resta quelques instants pensif. Il ne s'était pas attendu à ce départ mais il en admettait confusément la raison. Il n'aurait pas pu expliquer pourquoi il comprenait que cet éloignement de la pianiste était justifié, qu'il était même nécessaire. S'il avait eu le bonheur d'étudier la musique, il était sûr qu'un jour ou l'autre, il serait parti vers les pays où avaient vécu les grands compositeurs. Mais son absence risquait de se prolonger et peut-être même que la jeune fille ne reviendrait plus. Gaston Plateau vécut dès lors dans l'attente de ses lettres et chaque fois, une ou deux fois par semaine, qu'il reconnaissait l'enveloppe « par avion » et l'écriture, son cœur battait un peu plus fort. Il aimait rêver que cette lettre lui était adressée et tout en poursuivant sa tournée, il la composait dans son esprit. Elle lui disait que le piano ne resterait plus longtemps muet, que bientôt, très bientôt, elle serait de retour. Mais durant ce temps, le piano ne se faisait plus entendre et Gaston Plateau en souffrait. Il était comme un fumeur brusquement privé de tabac : tout son être réclamait les sons. Il trouvait aux jours les plus ensoleillés un aspect de plus en plus morne. Le soir, il était fourbu : les muscles de ses jambes le faisaient de nouveau souffrir. Il se sentait triste, déprimé, nostalgique.

Quand, dans un récital ou un concert télévisé, il reconnaissait un morceau de musique que la pianiste avait travaillé, il notait le titre et le nom du compositeur et il se procurait le disque. Il l'écoutait en rêvant que c'était la petite pianiste qui le jouait pour lui seul. Cependant, une idée germa en lui qu'il rejeta tout d'abord comme ridicule et saugrenue. Mais elle persista si bien qu'il finit par l'accepter comme plausible et même exécutable. Il prenait conscience d'avoir pénétré dans un domaine enchanté, dont il avait depuis toujours un désir inconscient et qu'il ne pouvait plus reculer. Au contraire il devait s'y enfoncer davantage. Un jour, sans presque y penser, il entra dans un magasin de musique et acheta un piano. Lorsque l'instrument encombra sa chambre de sa masse imposante, Gaston Plateau le contempla, émerveillé. Il fit sonner quelques notes puis abaissa le couvercle et alla s'asseoir sur son lit, comme honteux. Il avait l'impression d'avoir commis un sacrilège en osant pénétrer sans permission dans un univers interdit, d'avoir osé transgresser une loi établie depuis toujours qui lui interdisait de posséder cet instrument de musique. Il eut envie d'appeler le magasin et ordonner qu'on le reprenne : il était ridicule de posséder un instrument aussi encombrant et inutile puisqu'il ignorait tout de la musique. Pourtant, Gaston Plateau s'habitua à le voir dans sa chambre et bientôt, le piano en fit partie au même titre que le lit et la commode. Le facteur y déposait sa casquette ou son foulard, ses lunettes de soleil, des magazines et des journaux. Mais il ne l'ouvrait jamais. Il comprenait que la possession d'un instrument dont on ne joue pas n'avait aucun sens mais il ne pouvait plus s'en départir. Cependant, chaque fois qu'il entrait dans sa chambre, le piano vibrait par lui-même d'une attente non comblée, d'un espoir toujours déçu, d'un rêve non réalisé. Aussi, Gaston Plateau se décida-t-il, nonobstant les moqueries et les sarcasmes, à prendre des leçons de piano. Ainsi, il apprit à lire les notes et les silences et tous les signes de la musique. Sur son cahier réglé, il traça lentement mais avec une joie toujours renouvelée, des rondes et des blanches, des soupirs et des dièses. Il pénétrait enfin dans ce lieu où il était depuis longtemps attendu. Une partition musicale n'était plus couverte de signes mystérieux, d'hiéroglyphes indéchiffrables, mais de signes connus, familiers, porteurs d'harmonies que le facteur déchiffrait lui-même.

Il passait au piano tous ses loisirs, plus heureux qu'il ne l'avait jamais été dans sa vie. Il réalisait son rêve le plus cher. Jusque-là, le désir avait été en lui comme un ruisseau souterrain qui poursuit son invisible cours jusqu'à ce qu'une perturbation du sol le fasse sourdre hors de terre. Un sentiment de plénitude, une satisfaction complète, absolue le comblaient, quand, sur son piano, il faisait laborieusement tomber toutes les barrières dressées entre la musique et lui. Mais il n'en continuait pas moins à suivre par la pensée l'itinéraire de celle qui, sans le savoir, lui avait tendu la clef qui ouvrait le mystérieux domaine. Durant l'été, les lettres arrivèrent de France et d'Italie. Des cartes postales le renseignèrent sur les villes où elle passait. Il ne lisait que le nom des villes et des pays. Les mots du message, il préférait les imaginer. À l'automne, de nouveau, les lettres furent envoyées d'Allemagne.

Deux années passèrent ainsi, puis, un matin, en tournant le coin de la rue, il entendit le piano.

Gaston Plateau se hâta de livrer le courrier : il monta et descendit à toute vitesse les escaliers, jeta dans les fentes des portes le courrier qui, heureusement, n'était pas trop abondant ce jour-là. Il arriva devant la maison qui résonnait de toute la joie du retour de l'enfant et bien qu'il n'y eût ce jour-là aucune lettre à livrer à cette adresse, il monta l'escalier extérieur, ouvrit la porte et resta dans le vestibule aussi longtemps que dura le morceau, heureux de reconnaître un Intermezzo de Brahms. Sa joie était si grande, son bonheur si intense qu'il se mit à rire tout seul. En deux ans, il était devenu un homme nouveau, quelqu'un qui avait parcouru un long chemin ardu pour se hausser à un niveau qu'il n'aurait jamais cru pouvoir atteindre. Sans doute, il était un bien modeste musicien auprès de celle qu'il écoutait en ce moment avec ravissement. Ses doigts restaient souvent réfractaires aux tardifs exercices qu'il leur imposait et les muscles de ses mains étaient douloureux après une heure au piano. Cette heure n'en restait pas moins la plus douce, la plus heureuse de la journée.

Il aurait aimé revoir la pianiste afin de constater si son séjour à l'étranger l'avait changée comme lui-même s'était transformé durant les deux dernières années. Il aurait voulu lui parler aussi : elle ne l'intimiderait plus autant. Si elle apprenait tout ce qu'il avait accompli durant son absence, peut-être en serait-elle touchée jusqu'à pouvoir l'aimer.

Soudain, l'éclat de rire d'un homme et aussitôt après, le son d'un violon que l'on accorde au « la » du piano, firent chanceler Gaston Plateau, comme s'il avait reçu un coup violent. Il ne s'était pas attendu à cela. Comme dans un rêve, il entendit le piano et le violon jouer une œuvre qu'il ne connaissait pas. Des flots de tristesse, de regret, d'une amère déception noyaient son entendement : il eut la sensation de tomber de très haut ; il dut s'asseoir sur la première marche de l'escalier au pied duquel il restait, étonné, stupéfait. Le violon et le piano s'accordaient parfaitement. Il devenait impossible de les dissocier l'un de l'autre. C'était plus qu'une œuvre pour piano et violon que Gaston Plateau entendait, le cœur nostalgique : c'était un véritable duo d'amour. Il comprit alors qu'il n'avait vraiment rien à faire dans ce vestibule. Il était un intrus, il commettait une indiscrétion. Il se releva, sortit doucement, descendit lentement l'escalier, s'éloigna de la maison qui continuait de lancer par la fenêtre ouverte les notes de la Sonate pour piano et violon, opus 96, de Beethoven. Le jour brillait un peu moins, le poids du sac rempli de lettres qui ne lui étaient pas destinées écrasa un peu plus l'épaule du facteur. Il continua de distribuer le courrier comme s'il savait que chaque enveloppe renfermait l'annonce d'une mort soudaine. Mais bientôt, Gaston Plateau remit la courroie bien en place, redressa sa casquette et poursuivit sa tournée en sifflotant les quelques notes de la sonate qu'il avait retenues.

Fernande
ou une mesure comblée

Après avoir vu disparaître à l'horizon l'avion qui emmenait son fils en Europe pour un séjour d'études qui devait durer deux ans, Fernande Fuseau retourna dans la grande maison silencieuse et se demanda : « Qu'est-ce que je vais devenir à présent ? » Pour la première fois de sa vie, elle était vraiment et réellement en face d'elle-même. Ses soins n'étaient plus requis, personne n'avait plus besoin d'elle. Elle pouvait se consacrer dès cette minute à son bien-être personnel, envisager de changer son existence, commencer des travaux qu'elle n'avait jamais osé entreprendre ou dont elle remettait sans cesse l'exécution. Mais ne s'étant jamais avisée qu'elle possédait des droits autant que des devoirs, elle ignorait comment procéder. Autrefois, sa famille avait décrété que des quatre filles et des trois garçons, seule Fernande possédait la vocation d'infirmière à domicile et gratuite. Tandis qu'autour d'elle, l'on poursuivait des études, embrassait la carrière de son choix, se mariait, Fernande était confinée auprès de sa mère invalide sans que jamais, l'idée d'une injustice commise à ses dépens fût venue à l'esprit de quiconque. À trente ans passés, après la mort de sa mère, Fernande s'était mariée avec un veuf sans enfant, marchand d'appareils électriques de son état, plus âgé qu'elle de plusieurs années. Elle échappait ainsi au triste célibat à perpétuité d'une femme sans formation ni profession. Son mari avait accepté qu'elle ne quittât pas la maison paternelle afin de prodiguer à son père atteint de cancer, les soins qu'il réclamait. Cette maison où elle s'était tant dévouée lui ayant été léguée par testament, elle ne l'avait jamais quittée. Ses deux enfants y étaient nés. Mais ce legs avait consommé la rupture avec le reste de la famille qui croyait avoir les mêmes droits que Fernande sur l'héritage sans lui avoir jamais apporté une aide quelconque.

Lorsque, après six ans de mariage, son mari lui déclara qu'il allait vivre avec une jeune femme dont il était tombé amoureux, Fernande se résigna par habitude de faire passer le bonheur des autres avant le sien. Il n'y eut pas de divorce cependant parce que la jeune maîtresse de son mari refusait le mariage et parce que les croyances religieuses de Fernande lui interdisaient le divorce autant que l'adultère. Leurs deux enfants évitèrent entre les époux une rupture complète, mais leurs relations se bornèrent désormais en conversations téléphoniques à leur sujet. Fernande ne laissa jamais paraître l'émotion qui l'étreignait chaque fois qu'elle entendait la voix de son mari au téléphone. Mais après avoir raccroché, elle restait un long moment interdite, écrasée sous la souffrance, angoisse insurmontable. Pourtant, le baume du temps finit par cicatriser la plaie : sa voix se raffermit, ses mains cessèrent de trembler lorsqu'elle reconnaissait la voix de son mari à l'autre bout du fil. Au cours des années, une étrange métamorphose s'accomplit dans leurs rapports. Imperceptiblement, Fernande devint sa confidente. Il la consultait sur tout ce qui avait trait à ses affaires, à son commerce, et il suivait ses avis qu'il trouvait judicieux. Fernande découvrit ainsi un homme moins sûr de lui qu'elle ne l'avait cru et qu'il voulait bien le laisser paraître. Il était la proie tour à tour d'accès de découragement et d'enthousiasme juvéniles qui pouvaient nuire à la bonne conduite des affaires. Au début, il s'abstint de lui confier les déboires de sa vie sentimentale et Fernande s'était toujours interdit de l'interroger. Peu à peu, quand les dissidences éclataient, Fernande en perçut des échos qui se précisèrent. Mais elle refusait d'y prendre quelque part que ce fût et bien que la jalousie la perçât de ses traits acérés, elle ne prit jamais parti, se contentant d'écouter les doléances de son mari sur sa rivale. L'amour d'un homme pour une femme qui avait presque trente ans de moins que lui et qui ne le rendait pas aussi heureux qu'il l'aurait voulu ressemblait trop à une maladie pour que Fernande ne compatît pas. Elle s'était souvent demandé depuis la séparation : « Qu'est-ce que j'ai fait ? Qu'est-ce qu'il me reproche ? » Une fois seulement, il avait fait allusion à une absence de fantaisie dans leur vie intime mais Fernande n'avait pas compris et pour tout dire, elle n'avait pas cherché à comprendre. Elle se refusait à franchir certains seuils, à explorer certains aspects de la nature humaine où se creusaient des abîmes. Elle était vis-à-vis de certaines matières dépourvue de curiosité et d'imagination. Il lui avait aussi reproché d'être une mère-poule (c'était le terme dont il s'était servi) surtout pour le fils qu'il aurait voulu initier aux affaires, le préparer à être plus tard son remplaçant. Mais devant le manque évident d'intérêt du garçon pour le commerce, il en avait gardé quelque ressentiment. Il trouvait efféminé ce garçon trop sensible qui aimait l'étude. Si différents l'un de l'autre, il était difficile aux deux hommes de s'entendre et de se comprendre. Fernande avait la certitude que ce n'était pas sa tendresse mais l'absence du père qui avait marqué le jeune homme. Tout en manifestant à leur égard un intérêt constant, il était devenu très tôt pour les enfants le monsieur que l'on visite, qui invite à des repas au restaurant, qui conduit à un match de hockey et fournit l'argent de poche. Leur formation morale et intellectuelle était l'œuvre exclusive de leur mère qui avait pu, grâce à la pension alimentaire que lui versait son mari, se consacrer entièrement à leur éducation, en faire l'œuvre de sa vie. Mais d'un caractère réservé, le fils s'était exclusivement et profondément attaché à sa mère, tandis que la fille ressemblait davantage à son père. Énergique et autoritaire, excellente femme d'affaires, elle ne s'était mariée qu'à la condition de ne pas interrompre sa carrière de dessinatrice de mode et après avoir tracé une ligne de conduite que son mari devait respecter. Avoir des enfants n'entrait pas pour le moment dans ses projets. Elle était une énigme pour sa mère qui admirait pourtant cette indépendance d'esprit, cette confiance en soi, cette capacité à regarder la vie en face. Lorsqu'elle s'étonnait, sa fille haussait simplement les épaules : « Pauvre maman, qu'est-ce que tu connais de la vie ? » Et il est vrai que devant sa fille, Fernande se sentait naïve, ignorante, dépourvue de toute initiative. Elle avait subi la vie tandis que sa fille la conduisait à sa guise. C'est pourquoi elle se sentait plus près de son fils et depuis son départ, cruellement seule. Elle devait maintenant apprendre à vivre dans la solitude, entreprendre l'étape du temps qui va lentement, des heures que l'on compte une à une en guettant le facteur qui apportera une lettre de son fils. Elle avait parfois l'impression d'être un anachronisme dans la société actuelle. Elle aimait coudre, broder, tricoter, lire des récits de voyage, des biographies, l'histoire des peuples et des civilisations. En comblant ainsi ses soirées, elle avait acquis par ses propres moyens une certaine culture qui lui permettait de ne pas se sentir intellectuellement trop démunie devant son fils. Mais la pensée ne lui était jamais venue qu'il pût y avoir en elle quelque talent avorté. Parfois seulement un vague sentiment, comme un manque, lui faisait interrompre sa lecture ou abandonner sa broderie. Le soupçon, subtil et éphémère, que le destin avait joué contre elle, que sa vie aurait pu être vécue autrement, lui faisait pousser un soupir à peine perceptible. Sa jeunesse sacrifiée, son existence de femme abandonnée l'ayant exclu de toute vie sociale, elle n'avait pas d'amis et ses enfants formaient toute sa famille. Dépourvue d'aptitudes pratiques et naturellement timide, le contact avec le monde extérieur l'effrayait. La constatation que le temps lui appartenait quand il était trop tard pour en utiliser les parcelles la désemparait. Il ne lui restait qu'un espoir : retrouver son fils en Europe. « Tu viendras me retrouver l'été prochain, maman. Prépare-toi à faire un merveilleux voyage », lui avait-il dit avant de monter dans l'avion. Cette perspective l'occupa tout l'hiver : elle en rêva, s'y prépara, et dès le printemps, elle s'adressa à une agence de voyages, consulta des brochures, établit avec l'aide de son fils un itinéraire. Ses lettres étaient remplies de noms de villes aux syllabes chatoyantes, de pays rêvés qui seraient bientôt de concrètes réalités.

L'appel de son mari bouleversa tous ses plans. Il l'invita à dîner dans un restaurant (la première fois depuis leur séparation) et pendant le repas, il fut pour elle plein d'attentions, tel qu'il était au temps de leurs fiançailles. Pendant qu'ils buvaient leur café, il lui fit une étonnante proposition : reprendre la vie commune. Le temps était venu, dit-il, de mettre un peu d'ordre dans leur vie et d'effacer le passé.

— Tu ne l'aimes plus ? Ou bien elle te quitte pour vivre avec un autre ?

Ces deux questions (que Fernande regretta aussitôt d'avoir posées) le prirent tellement au dépourvu qu'il contempla Fernande avec une expression d'étonnement incrédule, comme si de telles éventualités étaient si improbables qu'il ne comprenait pas qu'on puisse les envisager. Il resta un bon moment silencieux, cherchant des réponses qui s'emboîteraient aux questions mais ces dernières touchaient si peu aux faits réels, elles étaient si éloignées de la vérité qu'il ne put répondre que d'une manière laconique.

— Mettons que j'ai compris certaines choses.

Mais voulant replacer l'entretien dans la perspective qu'il désirait, il enchaîna aussitôt :

— Tu n'as pas changé, tu es toujours la même. Tes cheveux gris ne font que renforcer ta douceur. Tu as bien fait de ne pas les teindre. Je ne te vois pas avec des cheveux teints.

— Elle teint les siens ?

— Oui. Pas parce qu'ils sont gris mais parce qu'elle aimait changer de couleur.

Il se tut de nouveau, étonné d'avoir conjugué au passé une liaison de vingt ans. Son visage s'empourpra et tandis que pour se donner une contenance, il faisait tourner son cigare dans le cendrier, Fernande put voir battre une grosse veine près des tempes. Elle comprit alors que cela ne l'intéressait pas, qu'elle ne voulait rien savoir, rien connaître de la vie de cet homme auprès d'une autre femme, ni pour quelle raison il la quittait et demandait à sa femme de le reprendre. Elle ne savait pas pourquoi elle avait posé ces questions : au fond, les réponses qu'il donnait (vraies ou fausses, laconiques ou non) ne la touchaient que très peu. Quel que soit l'avenir qui leur était réservé, si elle ne laissait pas le fantôme du passé se dresser entre eux, peut-être qu'une réconciliation serait possible. Autrement, il valait mieux en finir tout de suite, ne plus se voir, retourner chacun de son côté à son présent tel que chacun le vivait à sa manière. Elle ne lui dit rien de ses projets de voyage, même lorsqu'il l'interrogea sur le séjour de leur fils en Europe. Ce voyage ne le concernait en aucune façon ; il ne devait pas y être mêlé.

— Douce Fernande, dévouée Fernande, murmura-t-il. Recommençons comme si rien ne s'était passé. Tu n'as plus à t'inquiéter au sujet des enfants à présent. Et même il vaut mieux pour eux que tu les oublies un peu. Surtout notre fils qui n'est pas encore un homme, à mon avis.

— Qu'est-ce qu'un homme, à ton avis ?

Il vit dans la question un reproche implicite et sachant qu'il ne pouvait pas donner une réponse qui fût à son avantage, il se déroba simplement.

— Nous traverserons ensemble la dernière étape de notre vie.

Tous les projets élaborés s'envolèrent comme en fumée. La connaissance de pays étrangers ne comblerait pas sa solitude. Au retour, elle se retrouverait plus seule encore. Elle était sûre de l'approbation de son fils. Peut-être ne serait-il pas fâché d'apprendre la réunion de ses parents mais aussi qu'il pouvait accomplir son voyage en compagnie d'un camarade de son âge et même, qui sait, avec une jeune fille, bien qu'à ce propos, il fût très discret dans ses lettres. Cette réunion s'avérait facile, après tout : son mari revenait tout simplement occuper la place qui n'avait

48

jamais été prise par un autre. Quand elle le lui avoua et aussi qu'elle n'avait jamais cessé d'espérer que leur séparation était provisoire, il lui serra tendrement la main, étreint par une émotion qui lui mit des larmes dans les yeux.

Elle repoussa sa suggestion de vendre la maison devenue beaucoup trop grande pour eux. Même si elle n'y avait pas connu le bonheur, cette maison était habitée par tant de souvenirs que la quitter était au-dessus de ses forces. Elle ne pouvait pas se résoudre à un changement qui anéantirait toute son existence, n'ayant rien d'autre à quoi se raccrocher.

— Je reconnais presque tout, déclara-t-il après l'avoir parcourue de bas en haut. Tu n'as pas fait de grands changements.

— Je ne suis pas changeante, tu le sais bien. Je suis une femme de routine et de traditions.

— J'ai l'impression de me retrouver vingt ans en arrière, de reprendre la vie où je l'avais laissée.

Devant leur ancienne chambre, il s'arrêta sur le seuil, comme honteux, n'osant pas entrer. Le lit gardait la trace de deux corps parce que, périodiquement, Fernande retournait le matelas. Mais le mobilier était celui qu'ils avaient choisi ensemble et c'étaient les seuls meubles qu'ils avaient achetés, toute la maison étant déjà amplement pourvue de meubles. Mais ils avaient voulu que leur chambre à coucher fût leur propre domaine, que là au moins, ils fussent réellement chez eux. Les meubles étaient restés dans cette chambre que Fernande habitait seule depuis vingt ans. Ému, il lui saisit la main mais elle se dégagea et s'éloigna, ne voulant pas prolonger l'émotion.

Brusquement, il éclata en sanglots. Elle ne l'avait jamais vu pleurer. Elle le contemplait, bouleversée, ne sachant que dire à ce vieil enfant vulnérable qui revenait, comme si vingt années pouvaient être rayées d'une vie en l'espace de quelques heures, par le seul désir de tout oublier, de tout pardonner. En se mariant, Fernande avait cru pouvoir s'appuyer sur une épaule solide mais elle s'était révélée la plus forte, la plus résistante. Et voici que cet homme vieilli accourait vers celle qui avait toujours prodigué aux autres des soins que personne ne songeait à lui rendre, qui n'avait réclamé pour elle-même ni pitié, ni secours. À son tour, il ne supportait pas de la savoir libre, il s'octroyait le droit de la contraindre à l'abnégation. Une raison qu'il ne voulait pas ou n'osait pas avouer le ramenait vers elle, avec la certitude que cette fois encore, elle ne se déroberait pas.

Il n'apporta que ses vêtements, quelques effets personnels et une gerbe de roses, comme un voyageur qui se serait trop attardé et qui rapporte de son long voyage quelques souvenirs. De ce qu'il abandonnait cette fois encore, il ne dit rien et Fernande ne posa aucune question.

Il arriva un dimanche, au début de l'après-midi afin, dit-il, de refaire connaissance avant la nuit. Le cœur de Fernande se mit à battre violemment. Vingt ans ! Durant lesquels aucun homme ne l'avait touchée. Elle appréhendait cette nuit presque autant que sa nuit de noces. Elle ne se sentait plus apte à procurer à un homme dont l'expérience s'était accrue ce qu'il pouvait attendre d'une femme. Elle ne savait plus, elle avait oublié, ayant depuis des années fait taire son corps. Elle ne triomphait pas d'une rivale elle en avait la certitude ; sans connaître la raison exacte du retour de son mari, elle ne ressentait aucun orgueil mais une sensation de fatalité, comme si une fois de plus, le destin jouait contre elle. Incapable de se dérober, elle était de nouveau la perdante. L'odeur des vêtements qu'elle l'aida à suspendre dans un placard lui causa un profond malaise : c'étaient les vêtements d'un étranger qu'elle faisait entrer dans la maison. Elle ne connaissait pas ces complets, ces cravates ; ces chemises, elle ne les avait jamais vues. Ce n'était pas le voyageur qui revenait mais un inconnu que la maison ne reconnaissait pas, qu'elle rejetait peut-être. Parmi les souvenirs accumulés, très peu appartenaient à cet homme qui ne l'avait habitée que cinq ans, tandis que Fernande y avait passé sa vie et que tout dans cette demeure parlait à son cœur. Pour la première fois depuis leur rencontre, elle prenait conscience du temps écoulé, du vide de vingt années qui ne pouvait plus être comblé.

Comme presque tous les dimanches, elle reçut la visite de sa fille et de son gendre. La jeune femme embrassa son père en lui murmurant à l'oreille : « Je t'avais bien dit que tu devais le faire. » Fernande s'aperçut que les rapports entre le père et la fille avaient le ton de la cordialité et de l'affection, même d'une certaine intimité, tels que ceux de deux personnes qui se voient souvent, s'entendent bien et sont parfaitement renseignées sur les événements de leur vie réciproque. Elle comprit que sa fille connaissait la décision de son père, bien qu'elle eût manifesté quelque étonnement lorsque sa mère lui en avait fait part. Fernande eut l'impression d'un complot tramé dans son dos et elle en fut blessée. Elle regrettait de n'avoir pas attendu pour donner sa réponse ; de n'avoir pas remis le retour de son mari après son voyage en Europe. Contrairement à son attente, son fils lui avait adressé de violents reproches. Il s'était fait une joie de ce voyage en compagnie de sa mère qui n'avait jamais eu l'occasion de s'éloigner de sa maison. Une telle occasion ne se présenterait sans doute plus et il ne comprenait pas qu'elle y renonçât à cause d'un homme qui l'avait abandonnée autrefois en lui laissant deux enfants à élever. En lisant cette lettre, Fernande s'était sentie accablée de honte et de chagrin. Il lui semblait qu'elle avait commis une fatale erreur et qu'elle venait de perdre l'estime de son fils qu'elle chérissait plus que tout au monde. Mais elle ne pouvait plus reculer : l'événement avait eu lieu. Le destin l'avait de nouveau sanctionnée : elle s'était laissée conduire, pieds et poings liés, au lieu habituel du renoncement.

En reconduisant les visiteurs après le dîner, tandis que la voiture s'éloignait, il avait passé son bras autour de la taille de Fernande et ils étaient rentrés enlacés. Une peur atroce, une véritable panique s'était alors emparée d'elle. Elle ne pourrait pas supporter son regard : elle était une vieille femme qui avait vieilli loin de lui. Cela n'était plus possible, il devait le comprendre sans qu'il fût besoin de le dire.

Mais soudain timide, il ne proposait rien, ne tentait

rien. Peut-être craignait-il de son côté des exigences qu'il ne serait pas en mesure de satisfaire. Il avait perdu son assurance : il détournait les yeux, plongeait ses mains nerveuses dans ses poches, les retirait, les passait sur son crâne presque chauve, tout en faisant les cent pas dans le salon. Fernande l'observait, redoutant une explication et davantage encore une invitation. Cette réunion n'était pas aussi simple qu'elle semblait l'être. Un homme s'en va, reste vingt ans absent, puis il revient tout naturellement reprendre sa place, heureux de vieillir au sein de la famille, tout prêt à jouer son rôle de père quand il n'est plus temps, et de beau-père agréable, sans même se croire tenu de donner une explication. Et tout à l'heure, il réintègrera la chambre à coucher, le lit qu'il a volontairement quitté et dans lequel elle a si souvent pleuré, comptant les heures, puis les mois et les années pendant lesquels la place près d'elle est restée vide. Fernande frissonna ; elle se sentait glacée. Un tremblement incontrôlable fit s'entrechoquer ses genoux.

— Notre fille est formidable et notre gendre bien sympathique, dit-il, mais comme s'il pensait à tout autre chose.

— Tu as l'air de le bien connaître.

Il cessa de marcher, déplaça un bibelot sur un guéridon en murmurant : « Tiens, je le reconnais. » Puis, il vint se planter devant Fernande, comme quelqu'un qui prend une décision de tout avouer enfin.

— Je veux que tu saches la vérité pour éviter à l'avenir toute confusion. Nous nous voyions tous les trois, ils nous . . . me visitaient assez souvent. Je vois que tu n'étais pas au courant. Notre fille avait tort de ne pas t'en parler. Après tout, je suis son père.

— Elle est très indépendante, dit Fernande.

— Oui, je m'en suis aperçu. Je l'aime beaucoup et je crois qu'elle a pour moi de l'affection.

— Elle savait que tu allais m'appeler et me faire cette . . . proposition.

— Oui, je lui en ai parlé avant de te téléphoner. Elle m'a encouragé. Autrement, je crois que je n'aurais pas osé.

Il se versa un whisky-soda, lui en offrit un qu'elle refusa.

— Je ne suis pas supposé boire mais aujourd'hui est un jour spécial.

— Pourquoi n'es-tu pas supposé boire ?

— Le docteur a dit qu'il valait mieux que je ne boive plus. Ça doit être l'heure du télé-journal. Tu permets que j'ouvre le téléviseur ?

Il s'assit sur le canapé, son verre à la main, les yeux fixés sur l'écran qui s'animait. Ainsi, il avait consulté un médecin et dans la consultation se trouvait la vérité, Fernande n'en doutait pas. Elle l'examina : il était marqué plus que par l'âge, plus que par le temps. Des poches sombres se creusaient sous les yeux et son teint était de cendres. La peau pendait, flasque, comme celle d'un homme qui après avoir fait de l'embonpoint, s'est brusquement mis à maigrir. Un fanon remplaçait le double menton disparu. Il était malade, gravement atteint : il était sur le chemin de la mort.

Fernande quitta le salon, monta dans sa chambre. Elle aurait voulu fermer la porte à double tour, se barricader, ne plus jamais sortir et empêcher quiconque de venir jusqu'à elle. Il n'était pas possible de passer l'éponge, de tout effacer d'un coup d'oubli. Cette chambre était le lieu secret où elle venait pleurer, loin de ses enfants. Personne ne savait combien elle avait souffert et voici que la cause même de sa souffrance et de ses larmes viendrait la retrouver dans quelques instants, fort de ses droits retrouvés de mari.

Elle alla prendre dans la lingerie des draps et des taies d'oreiller et entra dans ce qui avait été la chambre de son père durant les derniers mois de sa vie. Une grande confusion régnait dans son esprit et pour la première fois de sa vie, une sourde révolte contre le destin gronda en elle. Un amer regret d'avoir renoncé au voyage projeté, à l'espoir de retrouver son fils lui pinça le cœur d'une intolérable angoisse. Elle avait répondu à l'appel de son mari, comme si elle craignait la liberté et se jetait sur le premier prétexte pour ne pas s'en prévaloir. Elle déplia les draps, les étendit sur le lit, en se hâtant, comme si elle faisait une mauvaise action. Son cœur battait dans sa gorge, ses mains tremblaient, les larmes qu'elle ne retenait plus tombaient sur le drap où elles faisaient de petits cercles sombres. Malgré elle, elle se revoyait, penchée sur le vieil homme souffrant étendu dans le lit, mais à travers ses larmes, c'était le visage de son mari qu'elle voyait.

En se retournant, elle l'aperçut sur le seuil. Il la contemplait, étonné et contrit, déçu et repentant. Elle se dressa devant lui, presque haineuse, prête à l'accabler, cherchant les mots qui lui feraient comprendre que partager sa chambre n'était pas possible.

— Je te dois la vérité, Fernande. Je suis malade. Le médecin dit que je suis gravement atteint. Je n'en ai plus pour bien longtemps, à ce qu'il paraît.

Elle l'avait compris depuis la première entrevue et même depuis le premier appel. Comment pouvait-il en être autrement ? Et c'est pourquoi elle ne l'avait pas repoussé, pourquoi elle l'avait, non pas accueilli, mais recueilli. Il réclamait son aide afin de pouvoir envisager la mort sans trop de terreur. Il comptait sur elle pour ne pas défaillir, parce qu'elle avait l'habitude et parce qu'il savait qu'elle ne se déroberait pas. Il savait aussi qu'elle avait tout deviné et qu'il n'était pas nécessaire de le lui dire. À la vérité, rien ne fut dit mais tout fut compris. Toute la colère et la rancune de Fernande tombèrent : elle savait et dès le premier instant, sans même s'en douter, elle avait répondu. Combien de temps cela durerait-il ? Elle ne se posa même pas la question. Elle fit un pas vers lui et lui tendit les bras.

Ô mes filles
toutes mes filles

Toute la journée au volant de son taxi, il stationne devant les hôtels, les gares et les terminus d'autobus, sillonne les rues de la ville, prend et déverse les clients. Les jours de guigne, il peste contre les imbéciles qui préfèrent marcher ou s'entasser dans les autobus malodorants et bondés plutôt que de se prélasser dans un taxi en poursuivant avec le chauffeur une intéressante conversation. Ces jours où la clientèle se laisse désirer, le chauffeur qui ne supporte pas plus la solitude que le silence, coule dans la mélancolie, non seulement à cause de l'argent perdu mais aussi pour une autre et mystérieuse raison. Quand il est vide, son taxi l'effraie. Il n'aime pas voir dans le rétroviseur la banquette arrière sans client. Aucune pensée ne lui vient qu'il n'ait envie de révéler ; aucune opinion qu'il ne désire partager et il aime que quelqu'un lui donne la réplique. C'est en vérité le seul aspect de son dur métier qui le contente vraiment. Outre le français qui est sa langue maternelle, il baragouine une douzaine de langues qu'il a plus ou moins apprises en bourlinguant à travers le monde et en pratiquant tous les métiers. Les jours où les clients se font rares, il jette des anathèmes à tous les dieux dans toutes les langues, depuis le Dieu des chrétiens jusqu'à Jéhovah en passant par Allah, Bouddah et Vishnou et quelques autres. Il a toute sa vie fui la solitude autant que le mariage et ce n'est pas à son âge qu'il apprendra à la supporter. Il est peut-être arrivé au bout de sa route : entre soixante-huit et soixante-quinze ans (et encore, il n'est pas sûr de n'être pas plus âgé), il est temps de s'arrêter, de décider dans quelle terre l'on dormira son dernier sommeil. Échoué dans cette ville, elle lui plut et il décida d'y rester. Il n'est à la vérité nulle part chez lui mais il se sent bien partout si personne ne lui pose d'entraves. Son taxi lui sert pratiquement de logis : il y travaille, y rêve, y dort même parfois quand il n'a pas envie de rentrer dans la chambre qu'il occupe au troisième étage d'une maison où des aventuriers comme lui trouvent un refuge le plus souvent provisoire, où des immigrants en transit font une escale plus ou moins prolongée. Sur la carte d'identité collée au montant de la portière, on peut lire un nom : Gunther Winiewski. Mais ce nom n'est pas le sien. C'est celui d'un Allemand d'origine polonaise dont il a usurpé le passeport dans une pampa de l'Argentine où il a pendant quelque temps cultivé le maïs. Le passé est le passé et moins on le remue, mieux on se porte, surtout lorsque l'on est presque arrivé au bout, que l'on sent parfois s'étendre sur soi comme une ombre glacée. Ni les regrets, ni le remords, ni la nostalgie de ce qui est bel et bien révolu ne changeront rien à ce qui a été. Mieux vaut donc l'oublier. Parce qu'il ne supportait aucune entrave ou atteinte à sa liberté, il a quitté encore très jeune sa famille pour vivre à sa guise, courir l'aventure et connaître le monde. Au cours de ses pérégrinations, il a semé femmes et enfants. La seule certitude qu'il possède à cet égard, c'est qu'il y en a de toutes les races et de toutes les couleurs. Une femme n'a jamais réussi à lui passer au cou la corde du mariage pour bien longtemps. Il s'empressait de défaire le nœud et il s'enfuyait le plus loin possible. Si elle le retrouvait, il fuyait plus loin encore, changeant le plus souvent de pays et aussi, lorsque cela était possible, de nom. Dans cette ville, personne n'est encore venu lui rappeler le passé : aucun fantôme ne lui est apparu et c'est pourquoi il est bien résolu à y finir ses jours. Il en voit de toutes les couleurs dans son rétroviseur mais il y a longtemps que plus rien ne l'étonne et il n'est à peu près rien de ce que les autres font qu'il n'ait accompli lui-même. De toutes façons, l'estime qu'il porte au genre humain ne pèse pas bien lourd dans son esprit. Il ne choisit pas ses passagers et tels qu'ils sont, ils constituent sa seule compagnie, ses seuls contacts avec les habitants de la ville. Il lui est arrivé de voir dans le journal du lendemain la photographie d'un assassin ou d'un bandit qu'il avait transporté la veille mais cela le laisse à vrai dire indifférent. Il ne craint rien et ce n'est pas un vulgaire meurtrier ou un minable gangster qui accélérerait ses battements de cœur. Il a remarqué cependant que ceux qui n'ont pas la conscience tranquille donnent en général les plus gros pourboires et que les honnêtes gens sont les plus radins. Il évite cependant de faire monter dans sa voiture les amoureux qui paraissent trop pressés ou les personnes trop éméchées, non par moralité mais par souci de propreté et aussi d'une certaine décence qui a depuis un certain temps acquis une grande importance à ses yeux. De plus, il est inutile d'essayer d'engager une conversation avec eux. Mais ce qu'il supporte le moins, ce qui le révolte véritablement, ce sont les couples formés par une jeune fille et un homme qui a l'âge d'être son grand-père. Il admoneste la jeune fille comme un juge de la cour juvénile, sans s'occuper des protestations du vieillard. Il la conjure de ne pas continuer sur cette pente dangereuse afin de ne pas passer le reste de ses jours dans le remords et les regrets. Elle se dégrade en donnant, si jeune, une telle importance à l'argent, car qu'est-ce qui peut bien l'attirer vers ce vieux dégoûtant (regardez-le, regardez sa tronche), si ce n'est l'argent. Elle doit garder son cœur pur, ne le donner qu'à un bon jeune homme qui l'épousera et lui fera honnêtement des enfants. L'ancien adversaire du mariage, l'ennemi juré de la famille ne croit plus qu'en ces deux institutions, qu'il considère comme les plus honorables pour les hommes et les plus nécessaires aux femmes. Lui qui n'a jamais subi aucune contrainte, respecte et admire la pérennité des sentiments et croit aux serments éternels. Les jeunes filles ne tiennent évidemment aucun compte de ses exhortations et le prient plus ou moins grossièrement de se mêler de ce qui le regarde. Une fois pourtant, la jeune fille fit arrêter le taxi, descendit après avoir remercié le chauffeur et murmuré : « C'est dommage que vous ne soyez pas mon père » et s'éloigna à la grande satisfaction du chauffeur qui subit en ricanant la colère du vieux satyre. Ce sentiment paternel qu'il porte à de jeunes inconnues qu'il ne voit la plupart du temps qu'une fois, il ne se l'explique pas et il serait bien incapable de l'analyser. La naissance de ses propres enfants, ceux en tout cas qui naissaient avant son départ (étrangement, c'étaient presque toujours des filles) le touchait à vrai dire très peu. Les bébés et les mioches appartiennent aux femmes qui les portent et les mettent au monde. Mais par-delà l'espace, il souhaite que ses filles reçoivent comme en écho les bienfaits des bonnes actions de leur père qu'elles ne connaissent pas et ne connaîtront sans doute jamais. Il en ignore le nombre, la nationalité de la plupart mais il veut croire qu'elles sont devenues de vraies jeunes filles, belles et vertueuses.

C'est en pensant à elles (ces inconnues) qu'il console les femmes en détresse qui montent dans son taxi. Lorsque dans le rétroviseur, il aperçoit un visage brouillé de larmes ou gonflé de pleurs retenus, il tourne la tête pour le mieux voir, au risque d'un accident, et demande : « Qu'est-ce qui ne va pas, madame, mademoiselle ? » Sa sollicitude pour les femmes éplorées se traduit par des encouragements, une sympathie manifestée avec une telle chaleur que presque toutes en sont touchées. Souvent, ce sont des femmes qui n'ont visiblement pas les moyens de se payer le taxi mais elles ne voulaient pas se donner en spectacle dans un autobus ou le métro devant des centaines de personnes. Dans une grande ville, le malheur s'abat souvent et sur n'importe qui : il ne se passe pas de semaine que le chauffeur ne transporte l'une de ces malheureuses. La plupart du temps, ce sont des amoureuses trahies ou abandonnées car il est bien connu que neuf fois sur dix, les femmes pleurent à cause des hommes. Bien sûr, il transporte aussi des hommes malheureux et le chauffeur en a vu pleurer plus d'un dans son taxi et il a reçu plus d'une confidence. Mais il ne peut s'empêcher de penser que l'homme est malheureux par sa faute, qu'il forge lui-même son malheur puisqu'il y a toujours une femme prête à vous consoler de la trahison d'une autre. L'ennui, c'est qu'elles ont tendance à s'accrocher et le seul moyen de s'en débarrasser, c'est de prendre la fuite. Il ne s'en est jamais privé et à peine avait-il quitté la ville mais le plus souvent le pays, qu'il ne pensait plus à la femme ni au gosse qu'il laissait derrière. Il les oubliait aussi complètement que s'il ne les avait jamais connus. Mais depuis qu'il a échoué dans cette ville, il ressent comme un besoin de faire monter dans son taxi de temps à autre une femme en pleurs. Cela est nécessaire à la paix de son esprit. Certains jours, il stationne son taxi près d'un hôpital, sûr qu'une femme éplorée en sortira tôt ou tard. Dès qu'il l'aperçoit, le mouchoir sur la bouche ou s'essuyant les yeux, il met le moteur en marche et se prépare à déverser durant une course qu'il souhaite longue le flot de sa sympathie, tout en conduisant dans la lourde circulation de la ville. Il suit alors la route la plus longue, non par appât du gain, mais pour pouvoir se griser lui-même de mots d'encouragement et atteindre de cette manière par-delà cette inconnue ses propres filles et en souhaitant que si elles sont dans le malheur, un homme compatissant vienne à leur secours comme il essaye lui-même de consoler la malheureuse qu'il transporte dans sa voiture. Il lui semble aussi que les larmes versées par les femmes lavent son taxi de toutes les saletés de l'humanité qu'il charrie, le nettoient et lui rendent sa pureté originelle, l'innocentent lui-même de ses propres abandons et trahisons. Il ne tarit pas, interroge longuement jusqu'à ce qu'il connaisse les causes des larmes. Il se fait raconter en détails la maladie ou la mort de celui ou de celle qu'elles pleurent et manifeste une sympathie si convaincante que souvent, la femme lui demande : « Vous l'avez donc connu ? » ce qui le comble d'aise car il ne connaît personne dans cette ville et quand il se retire dans sa chambre pour dormir, il peut dire qu'il est vraiment seul dans la vie, que personne ne le pleurera après sa mort et que l'on ne s'en souciera pas plus que s'il était un chien trouvé écrasé sur le bord de la route. Cette simple interrogation lui crée des liens d'amitié, presque de parenté, avec des individus envers qui il n'a pourtant aucune obligation à part celle de plaindre la femme, la fille, la mère ou la sœur. Après avoir parcouru le monde, guerroyé comme mercenaire dans divers pays, pris part à des révolutions, volé et même tué pour voler ou simplement sauver sa peau, il est revenu de tout, sauf du désir qu'il ne pourra jamais satisfaire, de voir ne serait-ce qu'une fois une des filles qu'il a conçues dans sa longue existence d'aventurier.

Depuis un certain jour, il a la certitude d'y être parvenu et depuis, il roule dans son taxi avec un seul espoir : la retrouver. Il stationne durant des heures devant les hôtels et les grands magasins, refusant des clients. Souvent, il croit l'apercevoir mais au deuxième regard qu'il pose sur elle, il reconnaît son erreur. Il se sent vieillir un peu plus chaque jour : il a comme une notion que le temps presse, que si elle tarde trop à revenir, il ne sera plus là pour se faire reconnaître. Il n'est pas possible qu'elle ne réapparaisse pas. Après tout, il lui arrive de transporter les mêmes clients plus d'une fois et plusieurs sont des clients réguliers. Elle reviendra dans la ville et lui fera signe de nouveau et elle montera dans son taxi mais cette fois, il ne la laissera pas s'échapper. C'est pourquoi, cet homme qui craignait tant les rappels du passé sillonne maintenant les rues de la ville en quête du fantôme d'une femme qu'il n'a vue qu'une fois.

Un de ces jours de guigne où il maudissait les usagers de l'autobus et du métro, une femme le héla du trottoir, le mouchoir sur la bouche. Elle pleurait à chaudes larmes et monta dans le taxi en sanglotant. Les larmes coulaient sur ses joues avec une telle abondance qu'elle ne cessait de sortir de son sac des mouchoirs qui étaient aussitôt trempés et tachés de mascara, de fard et de rouge à lèvres qui déteignaient aussi sur son visage. Le chauffeur assistait à ce déluge de larmes, complètement transporté : il n'avait jamais vu une femme pleurer ainsi. Il en oubliait de regarder devant lui et le regard fixé dans le rétroviseur, il faillit entrer dans une voiture arrêtée devant lui aux feux rouges.

— Faites donc attention. Regardez ce que vous faites, dit soudain la passagère.

Le chauffeur sursauta : la voix ne tremblait même pas. Elle était grave et rauque, dure même. Aucune émotion ne l'avait fait vibrer. Que des paroles si nettes sortent d'une bouche si émue tenait du miracle. Les mains du chauffeur tremblèrent sur le volant : son regard s'intensifia. Une émotion soudaine et partie de très loin lui donna comme un coup entre les épaules. La femme était jeune et elle aurait été belle sans une certaine vulgarité qui durcissait ses traits. Ses cheveux abondants et un peu crépus étaient noirs, ainsi que ses yeux brillants noyés dans les larmes. La peau au grain accusé avait une chaude teinte brune. La femme portait un manteau de vison, son sac à main était en véritable crocodile, ses bottes en cuir très souple. Le chauffeur vit briller aux doigts qui tenaient le mouchoir quelques bagues de prix et un diamant d'une grosseur impressionnante. Son parfum remplissait la voiture et chaque fois qu'elle ouvrait son sac pour en retirer un mouchoir, une bouffée odorante s'en échappait. Elle lui avait parlé en anglais mais avec un fort accent étranger. Il était sûr d'avoir déjà entendu cette voix, d'avoir déjà vu cette femme. Plus il la regardait, plus il la reconnaissait mais en même temps, il avait l'intuition que pour découvrir son identité, il devait retourner en arrière dans le temps, plusieurs décennies, et qu'il devait parcourir une très longue distance. Mais la voix du souvenir résonnait dans une autre langue que l'anglais et les vêtements de la femme d'autrefois ne correspondaient pas à ceux de la passagère. Le chauffeur voyait une femme pauvrement vêtue et pieds nus. Pourtant, en dépit de ces divergences, il existait entre les deux femmes une parfaite concordance. Soudain, il se rappela. C'était en Argentine. Une des servantes de l'exploitation agricole qui l'employait. Lui et le vrai Gunther la courtisaient et c'est même grâce à elle s'il portait à présent ce nom. Il lui avait promis de l'emmener avec lui si elle volait le passeport de son rival mais il s'était enfui durant la nuit. Elle avait cette voix rauque et passionnée. Et dans les moments de colère ou de détresse, tandis que les larmes coulaient en ruisseau de ses yeux, la voix gardait le même timbre et ne trahissait aucune émotion. C'était une particularité inoubliable. Dans le rétroviseur, la servante de la pampa argentine revivait en manteau de vison devant les yeux éblouis du faux Gunther Winiewski. La servante était enceinte lorsqu'il s'était enfui et elle lui avait affirmé que l'enfant était de lui mais il ne l'avait pas cru ou n'avait pas voulu le croire. Mais en ce moment, il en était certain. Si une fille était née, elle devait avoir l'âge de celle qui se trouvait dans son taxi, qui ressemblait tant à sa mère et qui paraissait si malheureuse.

— Qu'est-ce qu'il y a, Mademoiselle ?

Les yeux de la jeune femme lancèrent des éclairs (ah ! oui, tout comme sa mère) ; elle bombarda la nuque du chauffeur d'un regard furibond.

— Occupez-vous de vos oignons.

— Vous n'êtes pas polie.

— Je suis comme je suis.

Elle se remit à pleurer et à éponger ses yeux avec un nouveau mouchoir.

— Êtes-vous Argentine ?

— Ça vous regarde ?

Elle se moucha, tamponna ses joues, puis parut soudain se radoucir. Elle poussa un profond soupir et regarda autour d'elle comme si, revenant à la réalité, elle se demandait où elle était.

— Oui, je suis Argentine, dit-elle soudain. Qu'est-ce que c'est, cette rue ?

— C'est la principale rue commerçante de la ville. Il y a tous les grands magasins. Vous n'habitez pas ici ? C'est la première fois que vous venez dans cette ville ?

Elle ne répondit pas et continua d'examiner la rue en tournant la tête à droite et à gauche, comme une personne qui parcourt une ville inconnue pour la première fois. De plus en plus nerveux, le chauffeur appuya un peu trop sur l'accélérateur et faillit de nouveau entrer dans la voiture qui était devant lui.

— Mais faites donc attention, répéta la voix rageuse dans son dos. Quelle sorte de chauffeur êtes-vous donc ? Si vous ne savez pas conduire, faites un autre métier.

— Excusez-moi, dit-il d'une voix humble.

C'était bien sa fille, il n'en doutait plus : elle avait le physique de sa mère mais le caractère de son père. Une sorte de jubilation le secoua d'un rire qu'il retint cependant, ne voulant pas manifester sa joie devant les larmes de la jeune femme. Il avait retrouvé une de ses filles, une consolation pour ses vieux jours ; quelqu'un qui prendrait soin de lui, le soignerait s'il tombait malade, lui fermerait les yeux et viendrait prier sur sa tombe. Elle était riche, peut-être millionnaire. Elle ne portait pas d'alliance mais cela ne voulait pas dire qu'elle n'était pas honnêtement mariée. Peut-être avait-elle deux ou trois gosses dont il serait le grand-père. Une reconnaissance infinie s'élança du cœur du faux Gunther Winiewski vers la servante abandonnée, mère de cette feune femme extraordinaire qui paraissait avoir si bien réussi dans la vie. Peut-être était-elle venue dans cette ville expressément pour rechercher son père qu'elle ne connaissait pas encore mais qui allait se faire reconnaître dans un instant. Ils s'étaient rencontrés par un hasard inouï et voilà que la pauvre enfant avait à son tour besoin d'être consolée. Si un homme la faisait pleurer, il le tuerait. Mais il ne se ferait reconnaître qu'une fois arrivé à destination : il fallait éviter un surcroît d'émotion qui ferait courir un risque d'accident. « Je suis ton père ; viens dans mes bras, ma fille chérie », répétait-il en lui-même, si ému que deux larmes roulèrent sur ses joues et il constata avec délices qu'il pleurait pour la première fois de sa vie. Mais, au fait, où allait-elle ? Elle ne lui avait donné aucune adresse quand elle était montée dans le taxi et il avait continué de rouler en attendant qu'elle fût en état de parler. Et puis, il avait oublié de le lui demander.

— Où allez-vous ? Où est-ce que je vous emmène ? demanda-t-il, tremblant d'émotion.

— Arrêtez, je descends ici.

Sans attendre, elle jeta sur la banquette près du chauffeur un billet de dix dollars et sortit du taxi. Elle fit

quelques pas sur le trottoir et avant que le chauffeur fût
revenu de sa surprise, elle s'était engouffrée dans le grand
magasin dont la façade bordait la rue.

Il s'empressa d'aller garer son taxi, parcourut le magasin à tous les étages, visita tous les rayons mais la jeune
femme avait disparu. Depuis, il attend qu'elle repasse par
la ville.

Le violoniste
aux doigts manquants

Je ne comprenais pas quelle raison avait poussé Phillipe Tanche à venir habiter dans notre petite ville après l'accident.

— Qu'est-ce qui t'a poussé à venir t'enterrer dans ce trou ? lui ai-je un jour demandé.

— Ici ou ailleurs.

Mais après l'inhumation dans le cimetière de notre ville du célèbre chef d'orchestre, un coin du voile s'est levé pour moi et maintenant, je connais la vérité. J'étais un peu sa cousine et cette lointaine parenté l'incitait sans doute à sonner de temps à autre à ma porte, lorsqu'il ressentait le besoin d'une présence amicale. Il habitait seul une petite maison dans une rue tranquille et bien ombragée. Une vieille femme sourde s'occupait de son ménage et préparait ses repas qu'il prenait toujours seul, après que la vieille était repartie. Il venait me voir quand cela lui convenait, toujours très tard dans la soirée et ne restait qu'un moment, jamais plus d'une heure. Il parlait peu et souvent, pas du tout. Nous restions l'un en face de l'autre, mon chien entre nous, à mes pieds. De quoi parlions-nous quand nous parlions ? Par monosyllabes et longs silences, nous avons sûrement dit l'essentiel puisque si je me reporte en ce temps-là, j'ai le souvenir de longs entretiens et de confidences. Je sais qu'il me regardait : je sentais ses yeux sur moi. Peut-être se demandait-il comment, aveugle de naissance, je pouvais être sereine et même heureuse. Il ne m'a jamais interrogée et je n'ai personnellement jamais cru devoir expliquer aux autres pourquoi le sens de la vue qui m'avait été refusé, était remplacé par une propension à la joie. Depuis la mort de Phillipe, la joie s'est ternie mais j'en garde le souvenir qui ondule en moi comme une vague douce.

Au bout d'un moment plus ou moins long, Phillipe se levait.

— Ne te dérange pas, je connais le chemin. Bonsoir, cousine.

Mon chien le reconduisait jusqu'à la porte et revenait près de moi. Je posais ma main sur sa tête et nous attendions tous les deux que se soit dissipée la tristesse que Phillipe avait laissée dans l'appartement, telle une odeur. Pourquoi ne s'est-il pas suicidé à cette époque ? La petite lueur du lumignon refusait de s'éteindre avant qu'un certain événement se produise. Après quoi, rien ne retint plus Phillipe dans la vie. Je ne pouvais lui témoigner la pitié qu'il m'inspirait : il ne l'aurait pas supporté. Dans notre ville, je suis la seule à connaître son histoire. Je la garde précieusement. C'est mon bien personnel, tout ce qu'il me reste de Phillipe.

Il ne recevait personne, ne sortait que pour se rendre à son travail et marcher dans les rues, tard le soir, quand toute la ville s'était endormie. Et c'est alors que parfois, en passant devant ma porte, l'idée lui venait de s'arrêter un moment. Bien que je n'en aie pas eu besoin, je laissais tous les soirs une lumière allumée tant que je n'allais pas me coucher, pour qu'il sache qu'il pouvait entrer. Employé au bureau de poste, il remplissait assidûment ses fonctions mais évitait avec ses collègues tout contact qui n'était pas directement relié au travail. Inconnu à son arrivée, il l'est resté, bien que son humeur sombre qui ridait son visage autrefois très beau, son mutisme et sa main gauche amputée de quatre doigts l'aient fait remarquer par les habitants de la ville. Ils devinèrent cependant qu'une tragédie l'avait atteint en plein vol et qu'il s'était écrasé, l'âme blessée, le cœur rompu ; qu'il n'était pas un homme raté mais arrêté. Il ne supportait aucune question ou une simple allusion sur sa main mutilée. Un regard trop appuyé sur le moignon auquel était accroché le pouce comme une excroissance inutile le faisait pâlir de colère et il lui était arrivé de renvoyer grossièrement une personne qui n'avait pas assez rapidement détourné les yeux. Avec moi, il pouvait se détendre un peu, cesser d'être sur ses gardes : il ne craignait pas un regard que je n'avais pas. Ce n'est pas lui qui m'a appris ce qui était arrivé avant qu'il ne vienne habiter notre ville mais c'est de sa propre bouche que j'ai entendu ce qui constitue l'espèce d'épilogue de son roman.

Après avoir entendu à la radio la nouvelle de la mort dans un accident de voiture du célèbre chef d'orchestre, Phillipe resta comme sidéré puis un spasme le fit se précipiter vers la salle de bains où il vomit le dîner qu'il venait de terminer. Il tremblait de tout son corps, des cymbales frappaient de grands coups contre ses tempes et à chaque respiration, il lui semblait que sa poitrine se déchirait. Il étouffait car il lui semblait que l'air se raréfiait, comme aspiré par une puissante ventouse. Les murs de sa maison menaçaient de l'écraser. Il mit son manteau, enroula un foulard autour de son cou et sortit.

Une pluie glaciale fit chuinter sous ses pas les feuilles mortes qui jonchaient le trottoir. Les rues désertes à cette heure tardive ressemblaient à des tunnels faiblement éclairés. La ville se calfeutrait derrière ses doubles-fenêtres contre cette froide nuit de novembre. Le vent tourmentait les arbres qui semaient leurs dernières feuilles. Phillipe marchait rapidement, comme s'il fuyait, indifférent à la pluie et au vent, ne s'apercevant pas qu'il frissonnait de froid et qu'il claquait des dents. Les chiens aboyaient en l'entendant passer ; des chats fuyaient après avoir dardé sur lui leurs yeux phosphorescents. Parfois, une ombre se hâtait vers la chaleur d'une maison. Ces mouvements, ces bruits et ces sons qui l'avaient toujours accompagné dans ses promenades solitaires et nocturnes le remplissaient ce soir-là d'une terreur inexplicable, comme s'ils transportaient des miasmes délétères. Ils tendaient jusqu'à la souffrance les nerfs de Phillipe qui accéléra le pas, fuyant il ne savait quel danger qu'il sentait tout proche cependant. De temps à autre, une longue traînée lumineuse, un grondement de moteur présageaient l'approche d'une voiture qui croisait ou doublait le marcheur, puis disparaissait en projetant devant elle ses phares comme un aveugle sa canne blanche. Un lieder de Schubert se mêla au vent. Un rire éclata, un grondement de voiture interrompit une sonate pour violon et piano de Mozart. Dans une nuit semblable, deux jeunes gens rentraient d'un récital où ils avaient merveilleusement joué. Je le sais, je peux en témoigner puisque j'y étais. Comme le reste de l'assistance, j'avais été profondément émue en les écoutant. Ils avaient parfaitement raison d'être fiers d'eux-mêmes ce soir-là : leur carrière de musiciens interprètes s'ouvrait sous les plus heureux auspices. Le monde était à portée de leurs mains avides. Mais pourquoi dans cette euphorie s'étaient-ils mis à chanter « Le Roi des aulnes » de Schubert ? Ce chant si angoissé, cette course terrible à l'abîme ? La fatalité avait pris à cet instant la forme d'un chat surgissant sur la chaussée mouillée et glissante. Sous le coup de frein brutalement appliqué, la voiture dérapait et s'écrasait contre un arbre. Le conducteur en sortait indemne mais « le Roi des aulnes » arrachait à Phillipe quatre doigts de sa main gauche, comme s'il prenait un acompte et mettait fin à sa carrière de violoniste virtuose.

Après l'accident, il refusa de voir son ami pour qu'il ne jetât jamais les yeux sur le moignon qui terminait désormais sa main gauche. Ils avaient dès l'adolescence voué un culte à la beauté, autant physique que morale et intellectuelle et ils s'étaient juré que jamais rien de laid ni de mesquin n'entacherait leur vie. Phillipe voulait se garder de tenir son ami responsable de l'accident mais il ne pouvait pas oublier qu'il conduisait la voiture ce soir-là et qu'il n'avait pas une égratignure. Par une ironie du sort, sa carrière prenait un essor fulgurant et en peu de temps, il faisait des tournées dans le monde entier et dirigeait les plus grands orchestres. Pourtant, il était le moins doué des deux et ne l'ignorait pas. Plus que lui, Phillipe possédait le don musical ; c'était lui qui, d'instinct, comprenait une œuvre et indiquait la meilleure manière de l'interpréter. Cependant, il venait mener dans notre petite ville une existence morne et solitaire tandis que son ami volait vers la gloire. Il ne pouvait pas compter les fois où en rêve, il avait noyé, étranglé, tué à coups de couteau ou de revolver, celui qui avait été son plus cher ami, le seul amour de sa vie. Par crainte de ces cauchemars, il avait peu à peu perdu le sommeil. Le violon gisait dans sa boîte au fond d'un placard ; les partitions musicales n'avaient jamais plus été ouvertes.

— Pourquoi ne composes-tu pas, Phillipe ? lui ai-je demandé un jour où je le trouvais plus triste que d'habitude. Je suis certaine que tu as des choses à dire et composer te délivrera de tes angoisses.

Un courant de colère et de détresse survola l'espace et m'atteignit, comme si Phillipe m'avait giflée pour avoir osé ouvrir une porte interdite. Mon chien lui-même en fut atteint : il vint poser sa tête sur mes genoux, comme pour me demander ce qui se passait. Nous restâmes tous les trois silencieux un long moment, puis j'entendis sortir Phillipe. Quelques semaines plus tard, il me répondit :

— Je ne suis pas un créateur. Je n'ai que le don de comprendre et d'interpréter.

Je ne le crus pas. J'étais et je suis toujours certaine qu'il se trompait sur lui-même. L'accident l'avait brutalement jeté au sol, alors qu'il n'avait pas encore pris conscience de sa personnalité. Il s'est enfermé dans le refus comme il avait enfermé son violon et il l'a compris malheureusement trop tard. Nous n'abordâmes jamais plus ce sujet. Il écoutait la musique mais ne possédait aucun enregistrement de son ami et lorsque celui-ci dirigeait un concert à la radio, il fermait son poste. Il n'avait pas à me dire pourquoi, je le comprenais mais j'avais pourtant la certitude que s'il avait consenti une seule fois à laisser son poste ouvert et à écouter, il aurait retrouvé la paix et peut-être bien davantage.

Coïncidence étrange, le chef d'orchestre mourait, en

pleine gloire et dans la force de l'âge, dans un accident de voiture, quinze ans après celui qui avait si brutalement terminé la carrière de Phillipe. Plus que le hasard, plus qu'une coïncidence, c'était la répétition de la fatalité. La voiture avait dérapé et s'était écrasée contre un arbre, par un soir pluvieux de novembre. Au fond, destinés à mourir tous les deux dans le premier accident, l'impondérable se mettait en travers et un sursis leur était accordé. Mais il fallait que l'un des deux payât un tribut à la mort et c'est Phillipe qui avait été désigné par le destin. Quinze ans plus tard, tout se rejoignait, le temps faisait un grand bond en arrière et replaçait les deux amis dans la perspective obligée.

Phillipe s'aperçut bientôt que ce qui mouillait son visage, ce n'était plus la pluie mais ses larmes. Il pleurait non seulement sur celui qui venait de mourir et qu'il avait haï après l'avoir tant aimé, mais aussi sur lui-même. Les souvenirs tourbillonnaient comme des feuilles poussées par un vent violent. La haine qu'il avait cultivée comme une plante rare et qui avait fini par l'étouffer, le sentiment d'une profonde injustice commise contre lui et qui avait terni ses jours, la rancœur qui avait desséché son cœur, fondirent pour faire place à une douleur si aiguë, si incisive qu'il s'arrêta, incapable de poursuivre sa route. Il s'appuya contre un arbre, resta longtemps le front sur l'écorce rugueuse. Ce n'était pas une amitié ordinaire qui l'avait autrefois lié à son ami mais l'amour exclusif et passionné, fougueux, d'un jeune homme de vingt ans qui aime pour la première fois. Il ne pouvait pas concevoir de passer une journée sans lui. Et c'était plus de quinze ans qu'il venait de vivre sans l'avoir revu, sans lui avoir parlé une seule fois, et voici que l'irrémédiable venait de s'accomplir.

J'appris la tragique nouvelle par la radio, probablement en même temps que lui. Je mis aussitôt le harnais à mon chien et je me dirigeai vers la maison de Phillipe. Mais je n'osai pas entrer. Devant la porte, j'attendis un bon moment, épiant chaque bruit. Je pensais si fort à lui qu'il me semblait qu'il allait prendre conscience de ma présence derrière la porte. Mais je pensais aussi que ce serait pour lui un motif pour ne pas l'ouvrir. Je ne me doutais pas qu'il parcourait alors les rues de la ville, en proie à une détresse et une douleur insupportables. Mon chien me força à faire demi-tour et à rentrer à la maison. Il avait compris avant moi l'inutilité de prolonger cette station devant une porte qui ne s'ouvrirait pas. Je laissai la lumière allumée toute la nuit pour qu'il comprenne qu'il pouvait entrer, quelle que soit l'heure. Je ne me suis pas couchée tout en sachant qu'il ne viendrait sûrement pas. Il m'avoua plus tard qu'il m'avait aperçue lorsque je retournais chez moi mais ce soir-là, il voulait rester seul.

Il rentra trempé, grelottant. Il but quelques verres de cognac et se coucha. Presque aussitôt, il tomba dans un sommeil rempli de formes et surtout de sons. Ils partaient de très loin, s'approchaient en formant des cercles, aigus, presque à la limite de la perception. Ils entouraient Phillipe, pénétraient en lui. Il se mit à tournoyer dans l'espace, fondu dans une masse sonore dont il était à la fois l'auteur et comme la victime car les sons se formaient avec sa substance. Il allait disparaître en vapeur de sons et il comprenait en même temps que c'étaient les années de silence qui s'incorporaient à lui, que tous les sons qu'il avait anéantis reprenaient leurs droits. Il avait vingt ans et sa boîte de violon sous le bras, il se rendait chez son ami. Il entra dans une maison qu'il ne connaissait pas et dont le rez-de-chaussée n'était composé que d'un vestibule et d'un long couloir, avec pour seule ouverture, à part la porte, une trappe au plafond. Une échelle appuyée contre le mur permettait d'accéder à un palier au-dessus duquel se trouvait une autre trappe, plus étroite que la première. Phillipe atteignit le palier mais il ne put s'y tenir debout, la pente étant trop raide. Il se coucha à plat ventre dessus et avec les deux mains, il agrippa le bord pour ne pas glisser et tomber. Il entendait son ami chanter « Le Roi des aulnes » en s'accompagnant au piano. « Comment monter jusqu'à lui ? Et lui, comment peut-il descendre ? Je ne passerai jamais par ce trou. Comment a-t-il réussi à monter jusque-là ? Il n'a pourtant pas ma force. » Il voulait appeler son ami, lui demander son aide mais la question de savoir comment passer par cette ouverture et la peur de tomber le rendaient muet. Il voyait son violon, posé sur le piano, tout en haut de la maison. « Comment se fait-il qu'il ait mon violon ? Je croyais l'avoir avec moi. » Soudain, il aperçut son ami qui, penché sur l'ouverture, lui tendait les bras en souriant. Mais au bout, il y avait deux horribles moignons.

Phillipe se réveilla en sueur. Il se releva en grelottant, but un verre d'eau. Il sentait dans tous ses membres une courbature, comme s'il avait fourni un gros effort physique inhabituel. Il ne se recoucha pas mais il resta jusqu'au matin assis dans un fauteuil, immobile et comme vidé de toute substance. Le matin, il ne se rendit pas au bureau. Il chercha la partition et le disque de la sonate de Mozart qu'il avait jouée avec son ami le soir de l'accident et qu'ils avaient déjà enregistrée. Il l'écouta en suivant chaque note sur la partition. Une étrange paix l'habitait. Il lui semblait que tout venait de se remettre en place, que l'ordre dérangé un soir de novembre se rétablissait. Toute la journée et les jours suivants, il vécut comme au ralenti : ses gestes étaient lents et silencieux, son regard ne se posait plus sur rien, cependant que son corps était d'une légèreté inouïe, comme s'il était gonflé d'air. Il restait allongé sur son lit durant des heures, les yeux au plafond, dans l'attitude d'un gisant. Les sons ondoyaient doucement autour de lui mais il ne ressentait pratiquement plus rien.

Le jour de l'arrivée de la dépouille, Phillipe se perdit dans la foule de gens célèbres, de notables de la ville et de curieux qui l'accompagnèrent à l'église et au cimetière. J'y étais aussi. Un pâle soleil d'automne réchauffait à peine l'atmosphère : le vent du nord courait entre les tombes en semant le froid. La neige qui était tombée durant la nuit ne fondait pas. À cause du froid, la cérémonie fut brève, les discours réduits à quelques hommages hâtifs. Je savais que Phillipe était dans la foule, je le sentais non loin de moi mais je ne cherchai pas à lui parler, comprenant qu'il désirait ce jour-là encore rester seul.

Après la cérémonie, il rentra chez lui et sans enlever son manteau, il s'assit dans un fauteuil et attendit. Il lui semblait que tout n'était pas encore terminé, que quelque chose d'essentiel restait encore à accomplir. Plusieurs fois, il se leva, alla regarder dans la rue à travers le rideau de la fenêtre. Puis, il revenait s'asseoir, les mains sur les genoux, les yeux fixés sur le moignon de sa main gauche. Cette main mutilée avait été un défi qu'il n'avait pas été capable de relever. Il s'était abîmé dans la honte et la rancœur : il avait placé entre lui et l'avenir cet horrible moignon qu'il n'avait jamais plus cessé de contempler. Quatre doigts manquants avaient fait de lui un individu raté, comme si en se détachant de lui, c'est toute la vie qu'ils avaient emportée. Tout son être s'était atrophié en même temps que sa main. Son esprit perdait sa vivacité, comme s'il tenait exclusivement à quatre doigts de la main gauche. Le dernier événement venait de se produire qui lui redonnerait ce qui s'en était allé avec les doigts mais quelque chose restait encore à accomplir.

Le coup de sonnette à la porte d'entrée ne le surprit pas et la vue de la femme en noir sur le seuil, ne l'étonna pas, puisque c'était elle qu'il attendait. Au cimetière, il avait eu la certitude que la femme de son ami ne partirait pas sans le voir, sans lui apporter un message. Il lui fallait un mot pour que quinze ans soient abolis, effacés, oubliés.

Il vit tout de suite qu'elle savait tout de lui par le très rapide coup d'œil qu'elle jeta sur sa main gauche qu'elle évita ensuite de regarder jusqu'à son départ. Comme il le faisait toujours, surtout devant les femmes, Phillipe couvrit sa main gauche avec sa main droite et ne fit plus aucun geste. Il écouta parler cette femme élégante, jeune et belle (il n'aurait su dire de quelle nationalité elle était, mais elle parlait le français avec un fort accent étranger). Elle dit qu'elle ne voulait pas quitter la ville sans avoir vu l'homme qu'elle détestait le plus parce qu'il avait toujours été entre elle et son mari. Elle n'apportait aucun message sauf celui de sa haine et de son mépris personnels. L'accident n'avait jamais cessé de hanter son mari et parfois, il se réveillait en sursaut, la nuit, parce qu'il lui semblait que le violoniste était entré dans la chambre, qu'il l'accusait violemment d'être l'unique responsable de sa vie gâchée, et même d'avoir voulu se débarrasser de lui par jalousie en provoquant volontairement l'accident. Il avait traîné cette culpabilité comme un fardeau dont elle avait aussi supporté le poids puisqu'elle avait fini par lui voler l'amour de son mari. À son tour, elle accusait Phillipe Tanche d'être responsable de son malheur : son souvenir lui avait causé un plus grand tort que s'il s'était personnellement interposé entre elle et son mari. Elle aurait pu se défendre alors, lutter et sortir victorieuse. Mais comment lutter contre un fantôme puisqu'il n'était que cela ? Ce fantôme vivant avait pourtant fait plus de mal que s'il était mort véritablement lors de l'accident, quinze ans plus tôt. Si le musicien avait insisté pour être inhumé dans sa ville natale, ce n'était pas par attachement à ses origines mais parce qu'il avait voulu revenir auprès de son ami, lorsqu'il ne lui serait plus possible d'accuser. Elle avait la conviction que sa mort n'était pas accidentelle : il était seul dans la voiture au moment de l'accident et depuis plusieurs semaines, il était très déprimé. Cet accident était la répétition de celui qui avait tant influé sur leur vie. Elle laissait les deux amis ensemble ; elle ne reviendrait plus jamais dans cette ville. Elle confiait à Philippe le soin de veiller sur la tombe de celui qui avait été plus ami que mari.

Phillipe écoutait mais entendait peu les paroles : il n'écoutait que la voix. Grave sans être trop basse, elle était extraordinairement chantante et harmonieuse et l'accent étranger la rendait plus chatoyante encore. Phillipe n'avait encore jamais entendu une telle voix. Ce qu'elle disait n'était en somme que le leitmotiv sur son propre malheur dont elle rendait Phillipe responsable. Mais elle résonnait comme un chant triste et passionné. Phillipe se mit alors à composer l'accompagnement à cette mélopée : l'orchestre avec des éclats de cuivre sur un trémolo de cordes. Il retournait à sa jeunesse et à toutes les œuvres qu'il s'était interdit de composer : elles chantaient en lui en même temps que la voix de la femme, germaient, poussaient comme des plantes qui cherchent la lumière. La voix était comme un archet sur ses nerfs vibrants : il se sentait devenir amoureux de cette femme comme il ne croyait pas possible de l'être. Tandis qu'elle portait contre lui une accusation que les années avaient multipliée, le cœur de Phillipe éclatait comme une fanfare. Une houle de passion le souleva, l'immergea et il comprit dans un fulgurant éclair qu'il ne pouvait plus vivre sans cette femme qui possédait cette voix. Ce n'était pas le message attendu mais c'était l'événement qu'il avait pressenti et qui devait lui apporter la délivrance. Pour la première fois depuis quinze ans, il se sentait capable de porter en offrande le don de sa personne et de sa vie mais celle vers qui le portait cet amour nouveau ne le recevrait jamais. Elle n'était venue vers lui que pour lui signifier une condamnation sans appel. Au moment de partir, elle posa sur la main gauche de Phillipe qu'elle avait évité jusque-là de regarder, des yeux pleins de rancune, et dit :

— Était-ce la peine pour quatre doigts ?

Son parfum continua de flotter dans la pièce après son départ. Phillipe ouvrit la fenêtre pour le chasser mais il ne put se délivrer de la voix qu'il continuait d'entendre et qu'il continua d'entendre jusqu'à la fin. Puis, il se rassit dans le fauteuil et contempla sa main gauche : la peau recousue formait des plis sur le bout des os métacarpiens. Elle était sans poils, plus rose que la peau de l'autre main. Il bougea le pouce, tout ce qui lui restait d'articulation. Il comprit soudain toute sa vie et ce qu'il comprit le plongea dans une profonde rêverie. Il ignorait où cette connaissance le conduirait mais cela n'avait plus d'importance. Il tremblait et claquait des dents mais il ne se décidait pas à refermer la fenêtre. D'ailleurs, cela n'aurait servi à rien puisque le froid était maintenant en lui. Une douleur atroce prolongeait sa main gauche, comme au début, après l'amputation. Ses doigts manquants lui faisaient mal. Lorsque la nuit fut tout à fait descendue, qu'il ne put même plus distinguer sa main sur son genou, il comprit qu'il ne pourrait pas vivre plus longtemps. Il ne ressentait qu'une sorte de nostalgie de ce visage et de cette voix qu'il n'avait entendue et aperçu qu'une seule fois et qu'il ne verrait et n'entendrait plus jamais. Au fond de ce vide, quelques sons ténus tremblaient.

Il sortit du papier réglé tout jauni et il essaya de tracer les premières mesures de l'œuvre qui avait germé en lui pendant l'entretien. Mais il ne put continuer. L'œuvre refusa d'éclore. Il ne détruisit pas le commencement de partition cependant : il me l'a donné, sachant que je ne pourrais pas le lire mais que je le garderais en témoignage de ce qui aurait pu et aurait dû être.

Quelques jours plus tard, il commanda deux pierres tombales identiques. Sur l'une, il fit inscrire le nom de son ami, sa date de naissance et celle de sa mort, ainsi que la première mesure de la sonate de Mozart qu'ils avaient interprétée ensemble le soir de l'accident. Sur l'autre, il fit inscrire son nom, sa date de naissance et demanda au marbrier de garder cette pierre jusqu'au moment voulu. Puis, il vint me voir pour me donner l'embryon de partition en souvenir de lui et pour me remercier d'avoir été si patiente avec lui, me dit-il. Je lui ai demandé alors s'il quittait notre ville mais au lieu de me répondre, il me raconta toute la fin de son histoire, depuis le moment où il avait entendu la nouvelle de la mort de son ami. Je ne soupçonnai pas son projet et crus plus fermement à son départ. Mais mon chien comprit la vérité. Il le reconduisit jusqu'à la porte, puis il revint vers moi et poussa un long hurlement qui me glaça d'appréhension.

La femme de ménage trouva Phillipe mort dans son lit le lendemain matin. Il avait absorbé une trop forte dose de barbiturique qu'il prenait d'habitude pour dormir. Il fut enterré dans la tombe voisine de celle de son ami. Le marbrier n'eut qu'à ajouter la date de la mort.

Je vais souvent au cimetière avec mon chien qui connaît l'emplacement des deux tombes. J'écoute bruire le vent, frissonner les feuilles des arbres et aussi le silence qui émane des deux tombes.

Le rêve

Elle s'approche de Lorraine Vouloir, lui touche l'épaule. « Il faut te lever et me suivre. Je vais te conduire vers celui que tu aimes. » La femme est grande, mince jusqu'à la maigreur. Les os iliaques pointent sous la combinaison rouge qui la revêt de la tête aux pieds. Dans un visage pâle, émacié, les yeux brillent d'un éclat métallique. « Il faut te presser. Il n'y a pas une minute à perdre. Chaque seconde compte. » Lorraine se lève aussitôt, quitte son lit et fait quelques pas. Sans sortir de sa chambre, elle se trouve dans une grande plaine désertique où le vent tourbillonne. Un grondement comme le vrombrissement d'un lointain avion rompt seul le silence. « Allons, il n'y a pas de temps à perdre. Je vais te conduire vers celui que tu aimes », répète la femme. Dans le ciel très noir, quelques étoiles tremblent. En regardant attentivement, Lorraine constate que les étoiles sont disposées de telle manière qu'elles épèlent son nom. Mais avant qu'elle ait le temps d'exprimer son étonnement, une motocyclette munie d'un side-car, conduite par la femme, s'arrête près d'elle. « Monte, je vais te conduire vers celui que tu aimes », répète-t-elle pour la troisième fois. Lorraine prend place dans la nacelle. Aussitôt, le véhicule démarre en faisant un léger bruit comme une souris qui gratte. En quelques secondes, il atteint une vitesse vertigineuse et *bientôt, il quitte le sol et s'envole dans l'espace. Agrippée aux rebords de la nacelle, Lorraine suffoque, le visage fouetté par le vent qu'elle ne sent pas toutefois sur le reste de son corps. Le bolide foudroie l'espace, conduit par la femme penchée sur le guidon, aussi immobile qu'une statue, le visage entièrement caché par un casque. Soudain, le véhicule se détache de la nacelle et disparaît avec la femme, laissant Lorraine suspendue dans le vide.*

Elle poussa un cri et durant un laps de temps qui lui parut éternel, elle continua de tomber dans l'abîme. Puis, elle perçut le choc de son corps contre le matelas. Elle resta un long moment interdite, le cœur battant effroyablement. Elle ondulait comme sur de puissantes vagues, perdue dans l'immensité de l'espace. Elle sentait encore sur son front le fouet brutal du vent et elle entendait le grattement de souris de la motocyclette qui avait disparu. Pour s'assurer qu'elle était bien dans sa chambre, que tout danger était écarté, elle passa ses mains sur son corps, sur les draps et les couvertures et retrouva peu à peu la consistance des choses, palpa leur solidité. Elle tendit un bras, alluma sa lampe de chevet et regarda l'heure à son réveil-le-matin. Trois heures et dix minutes. Presque la fin de la nuit. Dans moins de deux heures, il ferait jour et Lorraine entreprendrait une étape importante de son existence. La présence de la femme de son rêve était encore palpable : l'écho de sa voix ne s'était pas encore éteint. Malgré elle, Lorraine guettait un froissement, un soupir, une respiration. Il lui semblait que du fond de l'espace, la motocyclette allait foncer sur elle pour l'anéantir. Ses yeux cherchaient dans les coins les plus sombres de la chambre l'indice d'une présence étrangère mais au bout d'un moment, elle se sentit ridicule et en réagissant contre la peur, elle s'assit sur le lit, rejeta les couvertures. Quand elle posa les pieds sur la moquette, elle se sentit plus rassurée. Elle se mit debout comme pour s'assurer de la solidité du plancher, de la fermeté de ses jambes. Autour d'elle, la chambre se reformait : les murs cessèrent d'onduler, les meubles de trembler. Lorraine traversa la chambre, pénétra dans la salle de séjour. Elle alluma toutes les lampes :

l'obscurité qui avait entouré son rêve collait encore à elle et lui causait un malaise inexprimable. Elle entra dans la salle de bains, urina, épongea son visage avec de l'eau froide. Sa poitrine était secouée de sanglots qui n'éclataient pas. Elle se sentit seule, si désemparée, que la tentation de décrocher le téléphone, d'appeler quelqu'un, l'immobilisa durant un moment, la main sur le combiné, prête à composer un numéro. Mais celui vers qui il eût été normal et logique d'accourir ne pouvait pas être rejoint au milieu de la nuit. Lorraine l'imagina, endormi dans le lit voisin du lit de sa femme. À cause de ce qu'ils appelaient le « bien moral » de leurs trois enfants, ils sauvaient les apparences d'un mariage détruit en partageant la même chambre, en dormant dans des lits jumeaux entre lesquels s'élevait leur mutuelle animosité. Sa femme pouvait quand même se sentir rassurée par la présence de son mari, certaine qu'il lui apporterait secours en cas de danger, qu'il ne refuserait pas son aide si elle était effrayée ou simplement troublée par un rêve ou un cauchemar. Tandis que Lorraine devait seule mettre fin à cette espèce d'enchantement que le rêve avait créé autour d'elle et en elle. « Ce n'est pas une heure pour appeler les gens. Ils dorment tous à cette heure », dit-elle. Le son de sa voix la fit tressaillir. Il lui semblait qu'elle avait résonné dans tout l'immeuble (une tour de trente-cinq étages) et que les occupants en avaient été troublés dans leur sommeil.

Elle décida alors de s'occuper de son prochain départ en vérifiant qu'elle n'oubliait rien, qu'elle avait tout prévu. Des valises ouvertes et à moitié remplies encombraient la salle de séjour et la chambre à coucher ; des vêtements jetés sur le dossier des fauteuils attendaient d'être pliés et déposés dans les valises. Lorraine allait dans la soirée s'envoler pour la Tunisie où elle resterait deux ans comme professeur dans le cadre d'échanges culturels entre les deux pays. Au terme de cette année scolaire, elle se sentait épuisée. Les cours souvent interrompus par les grèves, les contestations ; le mécontentement généralisé du corps enseignant, l'indiscipline et une sorte de désordre chronique avaient gâché l'ambiance dans les classes. Elle était heureuse de quitter tout cela, de sortir pour quelques années du pays, de connaître d'autres mœurs, une culture qu'elle savait différente de la sienne. Mais elle partait aussi afin de mettre entre elle et sa vie sentimentale une distance qui lui permettrait de se ressaisir, de retrouver une sérénité perdue. Elle ne se recoucha pas : le sommeil l'avait fuie. Des amis allaient occuper son appartement durant son absence. Aussi, avait-elle vidé tous les tiroirs, les placards, préparé l'appartement à une nouvelle habitation. Elle espérait le retrouver intact car elle aimait l'ordre et tenait malgré tout à ses habitudes. Mais peut-être ne serait-elle plus du tout la même personne à son retour. Peut-être ne reconnaîtrait-elle plus aucun des objets qu'elle avait choisis un à un et avec tant de soin. Deux ans passés dans un pays étranger peuvent influer sur une mentalité au point que la personne ne se reconnaît plus et qu'elle rentre chez elle, détachée de tout ce qui lui paraissait auparavant indispensable. Ayant acquis de nouvelles habitudes, elle projette sur son passé un regard indifférent ou étonné. Elle se rappela les paroles de la femme du rêve. « Je vais te conduire vers celui que tu aimes. » Mais elle avait sollicité ce poste en Afrique du Nord afin de s'éloigner de celui qu'elle aimait, afin de mettre entre elle et son refus de lui faire un enfant l'espace et le temps qui la libéreraient. En homme de devoir, il refusait de quitter ses trois enfants malgré la froide hostilité qu'il ressentait envers leur mère. Cette paternité l'empêchait d'en assumer une autre : aussi, depuis plus de trois ans que durait leur liaison, Lorraine ne voyait aucun espoir d'avoir un jour un enfant de lui. Au début, elle n'en avait nullement souffert. Ayant grandi entourée de frères et de sœurs elle aspirait à vivre seule. Absorbée par ses études, puis par la préparation de sa thèse, plus tard, par l'enseignement, son instinct maternel ne s'était éveillé qu'une fois la trentaine franchie. Mais il était alors devenu un impérieux désir, surtout depuis qu'elle aimait un homme qui possédait à un rare degré le sens de la paternité. Il avait cependant opposé à son désir un refus formel, sans appel, en alléguant l'impossibilité où il se trouvait de reconnaître l'enfant comme le sien.

« Quand mes trois enfants seront grands, qu'ils n'auront plus besoin de moi, alors je viendrai vivre avec toi. Je divorcerai et je t'épouserai. » Il serait trop tard alors : aucun enfant ne naîtrait de ce couple trop âgé. Lorraine refusait ce compromis qui la dégradait à ses propres yeux. Ce père si dévoué ne serait jamais celui de l'enfant qu'elle désirait tellement. Elle avait décidé de mettre entre elle et lui l'irréparable, de commencer ailleurs et si loin qu'il ne pourrait pas la rejoindre une vie nouvelle. Il l'avait suppliée en pleurant de ne pas partir et ses larmes avaient failli lui faire tout abandonner mais elle s'était ressaisie à temps. Elle ne lui avait d'ailleurs fait part de sa décision que lorsqu'il était trop tard pour reculer, qu'elle avait signé le contrat et pris des engagements qu'elle ne pouvait pas rompre.

De quelle prémonition le rêve était-il le signe ? Elle en avait ressenti l'impact avec une telle acuité qu'il ne cessait de la poursuivre. Ce départ allait sûrement changer le cours de sa vie plus qu'elle ne l'avait prévu et le rêve sonnait l'alarme. Mais elle ne pouvait plus reculer ni remettre le départ. Elle devait inévitablement et fatalement partir, prendre l'avion avant la fin de la journée qui venait à peine de commencer. En allumant une cigarette, elle s'aperçut que ses mains tremblaient. Le verre de cognac qu'elle avala d'un trait ne déversa pas la détente souhaitée. Sous quels fâcheux auspices se présentait ce voyage ! Était-ce à Paris où elle ferait escale que l'événement appréhendé surviendrait ? Ou à Marseille où elle s'embarquerait pour Tunis ? La ville méditerranéenne l'effrayait tout particulièrement. Peut-être était-ce dans ses vieilles rues, tout près du vieux port que l'accident l'attendait. Mais il était plus probable que le destin se jouerait en Afrique où Lorraine savait que le dépaysement serait grand. Pourtant, elle n'était pas portée aux phantasmes : reconnue au contraire comme une femme qui savait garder son sang-froid, l'on s'adressait volontiers à elle pour débrouiller une situation difficile. À l'établissement polyvalent où elle enseignait, elle avait réussi à mater des esprits forts quand d'autres plus expérimentés y avaient renoncé. Mais le rêve l'accompagna toute la journée dans ses derniers préparatifs de départ, chez ses parents à qui elle demanda de ne pas se rendre à l'aéroport sans leur dire toutefois qu'elle ne voulait, au départ, avant de monter dans l'avion, qu'une seule présence à ses côtés. Avant de s'élancer dans l'inconnu, elle voulait contempler un seul visage, celui de l'homme qu'elle aimait, qui lui avait promis de passer la dernière heure avec elle et de la conduire à l'aéroport.

Au rayon des articles de toilette, au rez-de-chaussée d'un grand magasin, elle éprouva une gêne soudaine et en tournant la tête, elle aperçut une femme qui fixait sur elle deux yeux immobiles comme ceux d'un chat. Elle l'examinait avec une attention qu'elle ne se donnait pas la peine de dissimuler et paraissait sur le point de s'approcher de Lorraine pour lui adresser la parole. Croyant que c'était la mère d'un de ses élèves, Lorraine repassa dans sa mémoire toutes celles qu'elle connaissait mais aucune ne ressemblait à cette femme. Soudain, elle reconnut la femme de son rêve. Oui, c'étaient les mêmes traits, les mêmes cheveux blonds (coiffés différemment cependant), le même éclat métallique du regard. Le corps était certes plus lourd, les traits plus marqués mais la ressemblance n'en était pas moins frappante et troublante. Lorraine réprima cependant l'élan qui la portait vers cette femme pour savoir qui elle était, ce qu'elle lui voulait, car une peur irraisonnée s'était de nouveau emparée d'elle. Elle croyait voir sur cette femme qui continuait de la dévisager le mot : danger. Elle s'éloigna rapidement mais elle n'avait pas fait cinq pas qu'elle se sentit touchée à l'épaule. « Vous oubliez ça. » La femme lui tendait le paquet que dans sa hâte, Lorraine avait laissé sur le comptoir. De si près, le regard brillant atteignit Lorraine comme une gifle. Après avoir murmuré un merci à peine perceptible, elle se dirigea vers l'escalier roulant. Tout en montant, elle ne put s'empêcher de se retourner et de regarder en bas : la femme continuait de l'observer, la tête levée vers l'escalier qui ne montait pas assez vite au gré de Lorraine. Cette ressemblance extraordinaire, cette rencontre en un tel jour, l'intérêt haineux que l'inconnue paraissait lui porter, jetaient l'effroi dans son âme. La coïncidence sortait du domaine des plausibilités naturelles : elle appartenait à l'univers si dangereux de la parapsychologie, de l'irrationnel, et peut-être même du surnaturel. Rien de ce qui se passait depuis la nuit n'était normal. Des fils invisibles tissaient autour de Lorraine une trame serrée qui l'emprisonnait. Douée d'une excellente mémoire, elle oubliait rarement un visage et elle avait la certitude de n'avoir jamais vu cette femme avant cet instant, sauf dans son rêve. Mais comment était-il possible de rêver d'une personne avant de la connaître, quelques heures à peine avant de la rencontrer, comme si le rêve était un aimant qui attirait dans le champ de la dormeuse le personnage du rêve. Comment expliquer alors que l'attention de la femme ait été attirée vers Lorraine, comme si elle aussi la reconnaissait. D'où lui venait cette fureur dans les yeux ? Avait-elle aperçu Lorraine en rêve aussi ? Ce rêve avait dû être un cauchemar. De plus en plus, Lorraine croyait que la femme connaissait son identité, qu'elle ressentait même à son égard un sentiment d'une violence telle qu'elle avait dû se retenir de se précipiter vers elle et de la frapper. Lorsqu'elle lui avait tendu le paquet, Lorraine n'avait pu retenir un frémissement de peur, comme lorsque l'on craint de recevoir un coup. Elle rentra chez elle, plus bouleversée encore : elle ne pouvait plus détacher son esprit du rêve ni de la femme. Que lui arrivait-il donc ? Jusque-là, tout s'était bien passé et les préparatifs de son départ pour la Tunisie s'étaient déroulés sans un accroc. Le plus dur avait été de prendre cette décision de tout quitter, de tout laisser derrière elle, de rompre d'une manière aussi radicale (mais la seule qu'elle croyait possible, vu les circonstances) avec l'homme qu'elle aimait. Elle comptait sur deux années enrichissantes pour tout oublier et mettre de l'ordre dans son esprit. Et voici que le dernier jour, la rencontre d'une inconnue, troublante il est vrai, lui faisait anticiper le pire. Lorraine essayait de se rassurer en se disant que l'inconnue s'était certainement trompée sur son identité, qu'elle l'avait prise pour une autre. Elle n'était plus très sûre elle-même de la ressemblance de cette femme avec l'apparition de son rêve. Le regard persistant au moment où elle était elle-même sous l'emprise de son rêve avait créé un mirage, lui avait fait imaginer une relation qui n'existait pas. Elle était le fruit de son imagination excitée par le départ avec toutes les conséquences qu'il aurait pour elle. Mais elle avait beau raisonner : la crainte de l'accident s'était emparée d'elle. Elle lui faisait prendre pour des avertissements mystérieux des faits qui n'étaient pas reliés entre eux. Elle avait de plus en plus la certitude que l'inconnue se trouverait sur son chemin, qu'elle la suivrait jusqu'en Afrique du Nord, jusqu'au bout du voyage, si elle l'atteignait jamais. Tout en répondant au téléphone à tous ceux qui lui souhaitaient un bon voyage et un heureux séjour en Afrique, Lorraine ne pouvait plus chasser de son esprit l'impression qu'elle entendait leur voix pour la dernière fois. Elle se retenait pour ne pas leur dire l'adieu qui lui montait aux lèvres. Elle décida de ne plus répondre au téléphone durant un moment. Aussi, lorsque la sonnerie éclata de nouveau, elle resta interdite, le cœur battant, certaine que si elle répondait, elle entendrait la voix de l'inconnue. Si, au contraire, c'était son amant qui l'appelait pour lui annoncer l'impossibilité où il se trouvait de venir passer avec elle la dernière heure et la conduire ensuite à l'aéroport, elle préférait l'ignorer encore un moment.

Elle reçut ses amis qui devaient occuper son appartement durant son absence et elle les mit au courant de tout ce qu'il leur importait de connaître. Ce faisant, elle disait à tout ce qui lui appartenait un adieu qui résonnait jusqu'au plus profond de son être. Elle luttait maintenant contre le désir de ne plus partir, d'abandonner tous ses projets. Elle ne désirait plus rien au monde que de reprendre le cours de son existence où elle l'avait laissée quelques mois plus tôt. Sa décision de partir lui apparaissait comme un coup de tête provoqué par le refus de son amant, une folie qu'elle regretterait toute sa vie si elle vivait assez longtemps pour la regretter car elle avait la sensation que sa dernière heure allait bientôt sonner. Elle regrettait de n'avoir pas répondu au dernier coup de téléphone : un message devait lui être livré qui lui aurait évité les pires ennuis, lui aurait peut-être sauvé la vie s'il était encore temps. L'accident lui parut inévitable. Jamais elle ne se rendrait au bout de ce voyage ou, si elle l'atteignait, jamais elle n'en sortirait vivante. Elle n'osait pas révéler son angoisse à ses amis, sachant qu'ils la traiteraient d'idiote, qu'ils se moqueraient d'elle, de sa nervosité, qu'ils ne comprendraient pas qu'une femme aussi raisonnable se laisse influencer par un rêve et des phantasmes ridicules. Elle leur remit un trousseau de clefs, les pria de la laisser seule et leur demanda de n'occuper l'appartement que le lendemain, lorsqu'ils auraient la certitude qu'elle avait effectivement quitté le pays, qu'elle était déjà loin, sur un autre continent, que la traversée s'était bel et bien effectuée sans aucun avatar. Ils acquiescèrent, étonnés et vaguement inquiets.

Après leur départ, elle resta comme prostrée et lorsque son amant arriva enfin, il la trouva au bord de la crise nerveuse.

— Qu'est-ce que tu as ? J'ai appelé il y a une heure et comme ça ne répondait pas, j'ai cru que ton téléphone ne fonctionnait pas. Et maintenant, tu ne m'ouvres qu'au troisième coup de sonnette. Es-tu malade ? Qu'est-ce qui se passe ?

Elle voulait lui crier qu'elle ne partait pas, que ce voyage était une folie, que cette absence ne serait pas supportable. Elle voulait le supplier de lui faire un enfant tout de suite, sans attendre, afin de l'empêcher de partir. Avoir un enfant de lui ! À la vérité, c'est tout ce qu'elle voulait au monde, rien d'autre n'avait d'importance, rien ne comptait. Elle avait besoin d'un enfant : il le lui fallait absolument. Comment ne comprenait-il pas ? Comment ne voyait-il pas sa détresse ? Elle avait plus de trente ans et elle voulait avoir un enfant de lui. Mais les cris restaient en elle. Il était trop tard : il fallait partir. Plus rien ni personne ne l'en empêcherait.

— Qu'est-ce que tu as ? Je ne t'ai jamais vue ainsi. Je ne reconnais plus ma Lorraine calme et sûre d'elle. Tu trembles ; je ne t'ai jamais vue trembler ainsi. Ce voyage t'effraie, j'en suis sûr. Pour une femme, partir seule et si loin . . . pourquoi pars-tu ?

Elle se sentit perdue. L'espace qu'elle avait décidé de mettre entre eux, le temps sur lequel elle comptait pour l'oublier, lui parurent soudain dérisoires. Toujours, cet échec l'accablerait. Toujours, elle saurait qu'elle avait manqué son destin à cause de cet homme.

Dans la voiture, elle ne desserra pas les dents. Un tremblement convulsif les faisait presque claquer, comme si elle avait très froid. Le rêve et la rencontre de l'inconnue s'estompaient devant la douleur de quitter cet homme qu'elle aimait et qu'elle ne reverrait sans doute plus. Elle le sentait proche et lointain à la fois, comme si un mur s'était dressé entre eux qui les empêchait de se voir et de s'entendre mais non de savoir qu'ils étaient de chaque côté. Il paraissait préoccupé. Lorraine voyait son profil tendu et le mouvement de la mâchoire lorsqu'une inquiétude le rongeait ou que son ménage allait particulièrement mal. Le temps était révolu cependant où elle l'interrogeait, où il lui confiait ses angoisses. Ils étaient déjà très loin l'un de l'autre : ils s'étaient à vrai dire déjà quittés. Dans l'aérogare, une fois les valises pesées et acheminées vers l'avion, ils restèrent l'un en face de l'autre, le cœur gros, ne trouvant plus de mots pour exprimer leur chagrin.

— Je suppose que tu es contente de partir.

— Oui et non.

— Je sais que tu ne comprends pas qu'un père ne veuille pas abandonner ses enfants. Mais songe que si nous en avions eu un, je n'aurais pas pu . . .

— Ne parlons plus de ça.

— Plus tard, dans quelques années . . .

— Je ne te reproche rien.

— Ah ! Lorraine, pourquoi pars-tu ? Tu n'étais pas obligée de partir, de t'en aller si loin. Qu'est-ce que je vais devenir ? As-tu pensé à ça ? Qu'est-ce que je vais devenir sans toi ?

— Tu as tes trois enfants. Ils te restent. Moi, je n'ai rien ni personne.

— Et moi ? Est-ce que je ne compte pas ?

— Ne me pose pas ce genre de questions, veux-tu ?

— Tu ne sais pas comme je suis malheureux. M'écriras-tu ?

— Non.

Elle ressentait sa tristesse ; elle comprenait son chagrin, mais cette tristesse et ce chagrin n'empêchaient pas l'accomplissement de l'événement prévu, ne faisaient même rien reculer. Il n'avait pas admis son impérieux désir, son irrépressible besoin. L'enfant qu'elle réclamait de tout son être, ce père aimant le lui avait refusé. Sa paternité était déjà comblée tandis que la maternité ne resterait pour Lorraine qu'un long désir inassouvi. Il la prit dans ses bras, la serra contre lui, appuya son visage contre le sien. Il voulut l'embrasser sur la bouche mais elle se détourna, par crainte de faiblir à la dernière seconde. Elle sentait battre son cœur tout près du sien.

— Tu n'as pas voulu comprendre mais si tu étais restée . . .

Elle le savait sincère mais la page était tournée et les mots s'effaçaient dès qu'ils étaient prononcés.

— Je t'aime, plus que tu le crois, même si ce n'est pas comme tu l'aurais voulu.

Elle lui demanda de ne pas s'éloigner avant que l'avion eût disparu dans le ciel. Elle n'osait pas lui dire qu'elle croyait sa dernière heure arrivée comme elle n'avait pas voulu lui parler de son rêve et de la rencontre avec l'inconnue. Le temps des confidences n'était plus et d'ailleurs, ce sont là des faits que l'on garde pour soi, dont on n'ose pas parler de crainte que les paroles ne déclenchent les catastrophes appréhendées et redoutées. Avant de franchir la porte au-delà de laquelle il ne pouvait plus l'accompagner, elle se retourna et lui jeta ce qu'elle croyait être un dernier regard.

Fidèle à sa promesse, il resta dans l'aérogare jusqu'à la disparition de l'avion dans un ciel où le soleil se couchait dans une apothéose d'or. L'angoisse très perceptible de Lorraine l'avait atteint. Il comprenait qu'un événement était survenu au cours de la journée qui l'avait profondément marquée. Lui-même se sentait enrayé dans une sourde inquiétude. Avant de venir rejoindre Lorraine, il avait subi une scène terrible, d'une violence encore jamais atteinte. Sa femme avait proféré des menaces contre lui et contre Lorraine dont elle avait, par un hasard tragique, appris la veille seulement l'existence. Elle disait l'avoir aperçue le jour même dans un magasin et qu'elle avait failli se jeter sur elle. Si elle avait eu une arme, elle l'aurait sûrement tuée, mais elle avait juré que ce n'était que partie remise. Elle était très malade ; il devait à cause des enfants l'obliger à consulter un psychiatre. C'était devenu une tâche urgente, malgré le départ de Lorraine qui venait de s'avérer opportun, voire nécessaire. Avant de quitter l'aérogare, il décida de téléphoner à la maison pour savoir si le calme était revenu. Une voix inconnue lui répondit qu'on le cherchait et qu'il devait se hâter de rentrer car sa femme s'était suicidée après avoir tué ses trois enfants.

Personne ne comprend

Je ne peux confier cela à personne car personne ne me comprend. Ma fille m'a manqué. Je n'ai pas joui de ma fille parce que je n'avais pas le temps. J'ai toujours travaillé à l'extérieur pour joindre les deux bouts. Avec tout ce qui se passe dans ce monde, et les traites et les impôts, et toutes les obligations, comment voulez-vous qu'on arrive à boucler le budget avec le seul salaire du mari, surtout lorsqu'il n'a aucune formation professionnelle, qu'il est un simple ouvrier dans une usine ? Après la naissance de ma fille, j'ai pris un congé de maternité de trois semaines que je n'ai pas pu prolonger, car mon mari me pressait de retourner au travail pour aider à payer les traites sur notre nouvelle voiture. Alors, j'ai envoyé la petite tout d'abord chez mes parents mais elle n'y est restée que quelques semaines ; mon père étant tombé malade, ma mère ne pouvait pas s'occuper des deux. Je l'ai donc confiée à une gardienne, une brave femme qui est presque tout de suite devenue pour ma fille la vraie mère. Elle s'est tellement attachée à elle que je ne pouvais pas la prendre dans mes bras sans qu'elle se mette à hurler. J'étais jeune alors, je ne comprenais pas très bien tout ce qui allait me manquer. Bien sûr, ça me faisait de la peine que ma petite ne me connaisse pas, d'être une étrangère pour elle, mais je croyais que ça lui passerait en grandissant, qu'elle ferait la part des choses quand elle serait en âge de comprendre. Chez nous, nous étions six enfants et il me semble que j'ai toujours vu ma mère débordée de travail, harrassée, mais enfin, elle était là, toujours là, même si elle avait souvent la main un peu leste. Elle était là, même si son attention était vite détournée de moi lorsque je voulais me confier à elle, à cause d'une bêtise d'un de mes frères ou des cris d'une de mes sœurs, ou encore par la lessive, les repas à préparer, l'heure de la rentrée de mon père qui accaparait alors toute son attention. Mais enfin, je ne me souviens pas qu'elle se soit jamais absentée de la maison, même pour un petit voyage. Ce n'est pas que je l'approuve en tout : sa vie n'était pas rose, elle n'avait aucune liberté. En ce temps-là, une femme n'était souvent qu'une bête de somme. Mon père était un ouvrier qui ne gagnait pas beaucoup et ma mère devait tout faire elle-même, jusqu'à nos vêtements qu'elle taillait le plus souvent dans de vieux vêtements que lui donnaient des parents ou même des œuvres charitables. Mais en ce temps-là, il n'était pas permis de confier la garde de ses enfants à des étrangers. On avait des enfants, on les élevait : c'était aussi simple que ça. À quatorze ans, je travaillais dans un atelier de couture. Toute la journée, je maniais une machine à surjeter. Je n'avais qu'une idée en tête : me marier et avoir plusieurs enfants. J'étais ce qu'on appelait alors une honnête fille. J'attendais de rencontrer un garçon qui avait les mêmes principes que moi. À dix-huit ans, j'étais mariée avec un ouvrier comme mon père. J'ai été enceinte presque tout de suite. Mais ma grossesse s'est terminée par une fausse couche. Alors, une fausse couche, puis un bébé un an après, et mon mari a dit : « Ça suffit. » J'ai répondu : « Tu as raison : ça ne sert à rien d'avoir des enfants si on ne peut pas les élever soi-même. » Après la naissance de ma fille, je ne suis pas retournée à l'atelier de couture mais je suis devenue vendeuse dans un grand magasin. Je le suis toujours. On ne comprend pas la tension que ça demande de travailler dans un grand magasin. Il faut constamment avoir l'œil ouvert, l'esprit en alerte, le sourire même si on a plutôt envie de pleurer. Le soir, j'étais vidée et quand on travaillait le soir, je rentrais à la maison sans presque m'en apercevoir, tellement je me sentais abrutie. J'étais conduite par l'habitude. Parfois, mon mari rentrait après moi et je n'avais pas le courage de m'en inquiéter, de lui demander d'où il venait, ce qu'il avait fait toute la soirée. Je me couchais ou plutôt, je tombais dans mon lit comme une masse et je m'endormais aussitôt. Je me réveillais la tête lourde, aussi fatiguée que la veille. J'avais deux jours de congé par semaine : le dimanche, comme tout le monde, et le mercredi qui se passait en courses, ménage, lessive. Je voulais que le dimanche appartienne à ma fille. Je voulais la prendre avec moi, la garder, m'en repaître. Mais il fallait aussi visiter ou recevoir les parents de mon mari et les miens car tous ces gens avaient l'esprit de famille. Aussi, il était rare que je passe un dimanche tranquille avec mon mari et la petite : il y avait toujours du monde autour de nous. Je n'ai été témoin ni de son premier sourire, ni de sa première dent, ni de ses premiers pas. Le dimanche matin, quand j'allais la chercher, et quand je la ramenais le soir, la gardienne me racontait tout ce qu'elle avait fait durant la semaine. « Elle a fait ceci ou cela. C'est une bonne petite, gaie, caressante, affectueuse. Mon mari aussi la trouve mignonne. Quand il rentre le soir, elle lui fait des petits mamours. » Mon mari à moi, son père, ne s'y intéressait que de loin et lorsque je lui répétais les paroles de la gardienne, il allumait la télévision ou se plongeait dans la page des sports du journal. Il voulait un garçon pour en faire un champion sportif, lui qui ne s'intéresse aux sports que bien calé dans son fauteuil, une canette de bière à la main. Il me l'a reproché comme si j'y étais pour quelque chose. Moi, j'étais heureuse d'avoir une fille. Pourquoi pas une fille ? Pourquoi est-ce toujours les filles qu'on rejette ? Surtout maintenant que les filles gagnent leur vie comme les garçons. Il n'y a pas de raison ; mais allez donc comprendre pourquoi les gens font ou pensent ceci ou cela ; ils ne le savent pas toujours eux-mêmes. Souvent, ce ne sont que de vieux préjugés dont ils n'arrivent pas à se débarrasser. Mon mari m'en voulait de ne pas avoir fait un garçon (comme s'il n'y était pour rien). Il oubliait que moi, j'étais obligée de vivre loin de mon bébé. Je comprenais fort bien que je n'avais pas le choix, que son salaire ne suffisait pas. Mais pendant ce temps, mon enfant grandissait loin de moi et pour elle, je n'étais qu'une étrangère. Elle préférait une autre femme à sa mère. Quand elle était malade, lorsqu'elle a eu les maladies infantiles, je n'étais pas là pour la soigner, lui préparer des gâteries. Des femmes ont ricané quand j'ai essayé de leur en parler et quant aux hommes, même mon mari ne comprenait pas, alors les autres, vous pensez bien. Tout le monde ou presque faisait comme nous. Presque toutes mes collègues étaient mariées et leurs enfants étaient entre les mains, soit de parentes, soit de gardiennes, comme la mienne. Quand je leur demandais si leurs enfants leur manquaient, elles répondaient : « Mais je les vois le soir, ou les fins de semaine. Nous passons nos vacances ensemble. » Moi, c'est tout le temps que ma petite me manquait. On aurait dit que je pressentais l'avenir. Je comprenais d'avance qu'il n'y aurait jamais entre nous de véritable intimité, de cette douce intimité de mère à fille que je n'ai pas connue parce que ma mère n'avait pas le temps de m'écouter, et que ma fille et moi . . . ah ! la vie est trop injuste. Parfois, je n'y tenais plus. Je demandais à une collègue de s'occuper de mon rayon pendant quelques minutes et je courais téléphoner à la gardienne. « Qu'est-ce qu'elle fait en ce moment ? Est-ce qu'elle a bien dormi ? A-t-elle bon appétit ? Elle ne tousse pas trop ? Appelez le docteur si elle fait de la température. Est-ce qu'elle peut me dire un petit bonjour au téléphone ? Dites-lui que sa maman l'embrasse bien fort, qu'elle lui envoie des millions de baisers. » Non, ce n'était pas plus vivre que du temps de ma mère. Qu'est-ce que c'est, vivre, pour les femmes ? Je voudrais bien que quelqu'un me le dise. La libération de la femme, quelle blague ! Si c'est être libérée que de travailler toute la journée dans une usine, un atelier de couture ou un magasin et d'avoir à faire en quelques heures, le soir, tout ce que ma mère mettait toute la journée à faire, alors j'aime autant l'esclavage de ma mère. Au moins, elle avait ses enfants avec elle et quand on était assez grand, on l'aidait, c'est-à-dire les filles, bien entendu. Bien sûr, mon salaire me permettait d'être plus indépendante que ma mère ne l'a jamais été, elle qui devait demander à son mari chaque sou et qui devait rendre compte de toutes les dépenses, comme s'il n'avait pas confiance en elle, alors qu'elle était la plus économe des femmes et ne gardait rien pour elle-même. Moi, je gagnais presque autant que mon mari mais cet argent, je n'en voyais pas beaucoup la couleur, je n'en profitais pas beaucoup puisqu'il servait à payer la gardienne de mon enfant et les traites sur à peu près tout ce que nous possédions. Comme je rentrais souvent plus tard que mon mari, il avait quelques heures de liberté après son travail et naturellement, il se croyait revenu au temps de son célibat. Il ne levait pas le petit doigt dans la maison, de sorte que en plus de mon travail harrassant au magasin, j'avais tout l'entretien de la maison sur les bras. S'il était rentré avant moi, je le trouvais bien installé devant la télévision ; il n'aurait pas mis de l'eau à bouillir, même si je le lui avais demandé. Je ne dis pas ça pour me plaindre : je constate des faits. Je ne suis pas d'un naturel querelleur : j'ai un caractère indépendant et j'aime vivre en paix avec les gens. Je suis prête à faire bien des concessions pour éviter des disputes et puis, je n'aime pas demander. J'aurais voulu que mon mari comprenne l'injustice qui régnait chez nous sans qu'il soit nécessaire de le lui dire. Mais il était parfaitement convaincu qu'il était dans son droit. Il trouvait normal que je prépare les repas et fasse seule le ménage puisque je suis une femme. Il ne comprenait pas, il refusait absolument de comprendre que si les deux travaillent à l'extérieur, ils ont les mêmes devoirs et les mêmes droits. Comme, par exemple, le droit de se reposer. Il se reposait, mais pour moi, après le travail au magasin, la journée n'était pas finie, loin de là. Et puis, tout le reste a découlé de cette vie pas normale. Puisque j'étais trop fatiguée pour faire l'amour quand lui en ressentait le besoin, il fréquenta d'autres femmes et une fois de plus, j'étais responsable. Il m'accusa de mal tenir la maison et me faisait des scènes pour un bouton qui manquait. Et si je lui disais : « Pourquoi est-ce que tu ne le poses pas toi-même ? » il prenait un air tellement indigné qu'on aurait dit que j'avais prononcé la pire insulte. Une fois, il m'a frappée et fendu la lèvre. J'ai dit à tout le monde que je m'étais frappée sur une porte ouverte dans l'obscurité. Il buvait de plus en plus, ce qui le rendait brutal et grossier. Il perdait de plus en plus patience avec l'enfant et il est vrai que nous ne la connaissions pas. Un autre couple l'élevait : des gens d'une autre génération que la nôtre mais que faire ? Certains dimanches, tout allait bien et je croyais qu'il n'existait aucun conflit, que tout se passait bien et qu'un jour, notre enfant serait à nous, rien qu'à nous, comme il me semblait que cela devait être. Par contre, d'autres dimanches, c'était l'enfer : la petite ne cessait de pleurer et mon mari n'arrêtait pas de tempêter. Moi, j'étais au bord de la crise nerveuse. Alors, je la ramenais très tôt chez la gardienne qui me disait : « Je ne sais pas pourquoi elle n'a pas été sage. Toute la semaine, elle a été comme un petit ange. Vous avez dû lui faire manger quelque chose qu'elle n'a pas bien digéré. Il ne faut pas déranger les enfants dans leurs habitudes. » Je m'en retournais à la maison, triste et coupable de je ne savais quel forfait envers ma petite fille. Elle avait six ans quand je me suis décidée à quitter mon mari : la vie n'était plus tenable et puis, après tout, qu'est-ce qui nous retenait l'un à l'autre ? Nous n'étions plus qu'un couple qui se détestait de plus en plus. Il a essayé de me prendre la petite, non parce qu'il l'aimait mais pour me blesser, m'atteindre dans mon point le plus sensible. Mais je me suis défendue tant que j'ai pu et j'ai finalement réussi à en avoir la garde. Alors, il s'en est complètement désintéressé. À partir de ce moment, j'en ai donc eu toute la responsabilité. J'allais la chercher non seulement le dimanche mais aussi le mercredi, après l'école, et tous les jours de congé. Elle réussissait si bien en classe, elle était si intelligente que je m'étonnais toujours d'être la mère d'un tel phénomène. Ses bulletins étaient bourrés de bonnes notes et ses professeurs ne tarissaient pas d'éloges sur son intelligence et son caractère. Comment expliquer ce qui s'est passé ? Je ne le comprendrai jamais. Il est vrai qu'il y a toujours eu entre nous comme une petite plaie qui ne guérit pas. Parfois, je surprenais sur moi son regard interrogateur, comme si elle se demandait qui était cette femme qu'elle voyait de temps à autre, qui avait l'air de tant l'aimer et qui se faisait appeler maman. Mais j'avais de la peine à joindre les deux bouts : ça coûtait de plus en plus cher de l'habiller, de subvenir à nos besoins et de payer sa pension chez les gens qui l'élevaient. Quand elle a eu neuf ans, je me suis dit qu'elle était maintenant une grande fille et qu'elle pouvait habiter avec moi. Je n'avais qu'une chambre avec coin-cuisine, mais je croyais qu'une mère et sa fille pouvaient parfaitement habiter un petit appartement. Mais elle n'a pas voulu dormir avec moi. Je lui ai alors acheté un lit pliant que je montais et défaisais soir et matin. Je partais travailler le matin après lui avoir fait toutes sortes de recommandations et vers quatre heures, ou un peu plus tard, je téléphonais. Elle était toujours rentrée à la maison bien sagement après l'école. Elle faisait ses devoirs en m'attendant et même, si je le lui demandais, elle lavait les légumes pour le souper, mettait les pommes de terre au feu. J'étais si heureuse ; ces quelques années ont été les plus belles de ma vie, les plus tranquilles. Je me rendais bien compte qu'elle était plutôt secrète, qu'elle ne se confiait pas et qu'elle répondait d'une manière détournée, évasive, quand je lui posais des questions. Mais je ne m'inquiétais pas. Je me disais que c'était son caractère. Je ne suis pas moi-même tellement portée à m'extérioriser. Je travaillais pour nous deux en rêvant d'un avenir extraordinaire. L'été, je me privais de vacances pour lui permettre d'aller dans un camp où elle paraissait s'amuser beaucoup. Elle a appris à nager ; elle a même gagné un prix dans une compétition. Elle me revenait toute bronzée, éclatante de santé. Qu'est-ce qui s'est passé dans sa tête ? Qui a-t-elle fréquenté ? Du jour au lendemain presque, elle a changé du tout au tout. Je ne reconnaissais plus mon enfant. Lorsque je téléphonais à quatre, puis à cinq heures, et encore juste avant de quitter le magasin, souvent, elle n'était pas encore rentrée. Les premières fois, je revenais en taxi, croyant qu'elle avait eu un accident. La maison était vide et folle d'inquiétude, je téléphonais au poste de police et à tous les hôpitaux. Ou bien je la trouvais affalée devant la télévision. Elle me donnait toutes sortes de raisons sur son retard et je voulais tellement la croire que j'admettais tout ce qu'elle me racontait. Mais comme ses bulletins devenaient de plus en plus mauvais, il a bien fallu que j'ouvre les yeux. Surtout après que la directrice de l'école m'a convoquée pour me dire que ma fille manquait très souvent l'école, qu'elle travaillait mal et qu'il n'était pas impossible qu'elle prenne de la drogue. En entendant cela, j'ai failli m'évanouir mais je ne l'ai pas cru, je n'ai pas voulu le croire. Si c'était vrai, ça me dépassait, je ne pourrais pas faire face à ça. Je compris qu'elle écrivait elle-même ses billets d'absence en imitant ma signature. Tout le reste a suivi, comme de juste. Tout le reste qu'on peut lire dans les journaux presque tous les jours. Je ne peux pas compter les fois où je suis allée la chercher au poste de police et où le juge à la cour juvénile m'a adressé des remontrances comme à une mère sans-cœur, coupable de délaisser son unique enfant. Mais il faut bien que je gagne ma vie et la sienne. La libération de la femme, parlons-en, un beau mythe. Je me fiche de ce que certains hommes et certaines femmes disent : pour moi, mon trésor, c'est ma fille. Elle m'a manqué, oh ! comme elle m'a manqué. Et je comprends maintenant que je lui ai manqué aussi. Comment pourrais-je oublier le soir où en rentrant du magasin un soir, je l'ai trouvée ensanglantée sur mon lit ? Elle avait essayé de s'avorter elle-même, toute seule, une enfant de quatorze ans. Mon Dieu ! J'ai encore des sueurs froides chaque fois que j'y pense et je l'ai toujours devant les yeux. J'aurai ce spectacle devant les yeux jusqu'à la fin de mes jours. À sa sortie de l'hôpital, elle n'a pas voulu revenir à la maison. Et tout cela sans jamais rien me dire, sans jamais me parler. Je préférerais mille fois qu'elle m'accuse, qu'elle me lance au visage qu'elle me déteste, tout ce qu'elle a sur le cœur, plutôt que ce silence affreux. Jamais, jamais, la moindre confiance, jamais la plus petite confidence, comme si j'étais plus qu'une étrangère, sa pire ennemie. Peut-être que nous sommes nos pires ennemies, nous les femmes. Et pourtant, si seulement elle savait. Les gens me disent : « Les enfants sont ingrats. » Non, ce n'est pas vrai. Ma fille n'est pas une ingrate ; elle est malheureuse, ce qui est bien différent. Mais pourquoi ? Mon Dieu ! Pourquoi ? Qu'est-ce qu'elle a ? Je ne la connais pas. Elle n'a pas connu sa mère assez tôt ; je n'ai pas formé son caractère, je ne sais pas ce qu'elle est, qui elle est. Ce n'est pas moi qui l'ai élevée. Elle a reçu d'autres principes que ceux que je lui aurais inculqués si j'avais toujours été là. Elle n'a pas compris que je l'aimais plus que tout au monde. La vie a été méchante pour nous deux, mais surtout pour elle. Est-ce qu'il se serait passé des choses chez ces gens qui l'ont élevée ? Ils me paraissaient honnêtes, mais sait-on ce qui se passe derrière une porte fermée ? Des choses que j'ignore et dont je ne me serais jamais douté ? Comment le savoir puisqu'elle n'a jamais rien dit ? C'est ce silence qui est horrible. Pourquoi est-ce qu'elle ne s'est pas jetée dans mes bras ? J'aurais compris, j'aurais tout pardonné, je le jure. Mais non, rien, rien — comme devant un mur. Maintenant, je ne sais pas où elle est. Pourquoi s'inquiéterait-elle de sa mère ? Est-ce qu'elle la connaît ? Peut-être qu'un jour, elle comprendra que je n'ai pas pu faire autrement. Je vis de cet espoir. Je ne veux pas mourir au cas où un jour, elle aurait besoin de moi. Je veux être là. Ne suis-je pas sa mère ?

Reflet

Depuis un moment, Nicole Coursive se sentait obser-vée avec insistance mais, habituée à des hommages plus ou moins discrets, elle continua de manger son potage en prenant bien garde de ne jamais tourner les yeux à droite et même en attendant qu'on lui apportât sa grillade, elle persista à fixer devant elle un point invisible. Mais le regard dégageait comme un rayon qui traversait la salle et piquait le lobe de son oreille droite. Elle y porta la main, replaça sa boucle d'oreille, repoussa une mèche de cheveux et cher-cha dans la salle un point d'intérêt qu'elle ne trouva pas. L'indiscret regard brûlait maintenant sa joue. N'y tenant plus, elle tourna la tête et reçut un choc.

Elle ne l'avait pas revu depuis huit ans et il était bien le dernier homme qu'elle s'attendait à rencontrer. Sa pré-sence dans le restaurant la saisit comme une douche froide. Dès le premier coup d'œil, elle constata qu'il n'avait rien retenu de ses leçons sur les couleurs qui s'harmoni-sent et sur celles qui se rejettent. À la vue du complet marron, de confection et d'une coupe médiocre, de la chemise rose rayée et de la cravate verte à pois blancs qui l'affichaient dans toute la salle, Nicole se sentit humiliée comme devant une trahison. Il avait engraissé, son visage s'était épaissi, le front dégarni ajoutait des années à l'âge réel. Nicole Coursive savoura cette occasion qui était offerte à son ancien mari de constater que le divorce et le temps, loin de jouer contre elle, avaient été ses alliés. De toute évidence, il avait révélé aux deux hommes attablés avec lui l'identité de Nicole qui se demanda en quels termes il l'avait fait. Lorsque, la regardant d'une certaine manière, l'un des inconnus dit quelques mots qui les firent rire tous les trois, le ressentiment de Nicole envers son ancien mari monta d'un cran.

Leurs routes se croisaient pour la première fois depuis huit ans. Dans la petite ville des Cantons de l'Est où Pierre-Paul était né, où il avait grandi et où il continuait d'exercer sa profession de dentiste, Nicole n'avait habité que la durée de son mariage et elle n'y était jamais retournée. Après le divorce, elle était revenue à Montréal, sa ville natale, et avait repris son ancien emploi de sténo-dactylo. Mais ce retour en arrière ne répondit pas à ce qu'elle recherchait. L'expérience de la vie, le temps, les souffrances endurées avaient façonné une nouvelle personnalité, éveillé des désirs d'un changement encore plus radical. Si elle ne tentait pas un effort, elle s'enliserait davantage, elle ne sortirait pas du marasme. Elle s'inscrivit donc à des cours du soir en décoration intérieure. Quelques mois plus tard, elle sollicitait un emploi dans l'atelier de décoration intérieure d'un grand magasin qu'elle dirigeait maintenant. Son travail lui plaisait, les contacts avec le public lui étaient agréables. Décorer des appartements avec de beaux meubles et des tissus luxueux tout en tenant compte de la personnalité et des goûts des clients, lui procurait une satisfaction réelle. Depuis quelques années, sa réputation s'étendait et la faisait rechercher par une clientèle qui admirait son goût et son originalité.

Afin d'éviter les basses intrigues entre collègues, elle restait muette sur sa vie passée et discrète sur le présent. Son amant était un homme d'affaires qui pouvait la combler sans frustrer sa famille. Plus âgé qu'elle, marié avec une femme malade qu'il ne pouvait décemment quitter mais libre de toute responsabilité envers ses enfants, adultes déjà mariés, il consacrait à Nicole tout le temps dont il pouvait disposer. Quant à Pierre-Paul, il avait sans doute continué à soigner et à extraire les dents des habitants de sa ville et des environs et à jouer au golf. Nicole avait supporté durant six ans une existence étriquée, frustrante, de bonne grâce au début, puis avec une amertume croissante. Aussi, avait-elle tout abandonné sans regret : la ville, les amis, son mari et même son fils. Ils appartenaient tous au passé exécré qui lui laissait un goût amer, comme un aliment mal digéré. Elle n'avait rien regretté malgré la solitude des premiers mois qui avaient suivi la séparation et la honte qui l'avait poursuivie comme une séquelle de l'acharnement que l'on avait mis à vouloir faire d'elle une épouse déchue et une mère indigne. Ces souvenirs atroces resurgissaient encore quelquefois dans ses rêves mais l'angoisse qu'elle en éprouvait à son réveil se dissipait presque aussitôt par la volonté qu'elle avait mise à la combattre. À présent, elle estimait n'avoir pas lutté en vain. Sa vie n'avait jamais été aussi intéressante ni aussi bien remplie. Ses employeurs l'avaient déléguée deux fois en Europe pour établir des contacts avec les ateliers, les fabriques de tissus, les artistes et les artisans. Ces voyages avaient élargi son horizon, approfondi sa culture, enrichi sa vision du monde et affermi sa personnalité. À trente-huit ans, Nicole Coursive se sentait épanouie comme femme et comme personne.

Après le départ de sa femme, Pierre-Paul était retourné habiter chez ses parents. Son affreuse chemise rose et sa cravate à pois trahissaient l'influence de sa mère dont la vulgarité avait si souvent choqué Nicole. Dominatrice et possessive, cette femme avait fait de son fils un individu que nulle autre femme ne peut supporter longtemps. Elle s'était acharnée dès le début contre sa belle-fille qu'elle n'acceptait pas et dont elle s'était déclarée l'ennemie jurée. L'homme ne s'était jamais montré en Pierre-Paul. Son évolution s'était arrêtée au seuil de la maturité et ne l'avait jamais franchi. Après la rupture, il était redevenu le fils chéri qu'il n'avait au fond jamais cessé d'être, l'éternel poupon, ce qui expliquait ses joues empâtées, le commencement d'embonpoint, mais surtout ce regard apathique de l'adulte qui a abdiqué toute responsabilité.

Son ennui et son amère déception et aussi la quasi impuissance de son mari (l'enfant n'avait été conçu qu'après maints essais infructueux), avaient jeté Nicole dans les bras d'un autre homme. Dans la petite ville où les yeux étaient perçants et les langues aiguisées, le scandale ne s'était pas fait attendre et il avait éclaté avec une virulence entretenue par les parents de Pierre-Paul. Ils s'étaient lancés à l'attaque contre leur belle-fille sans paraître se douter qu'ils éclaboussaient leur propre nom. Ils n'avaient eu de cesse que Nicole ne fût déclarée coupable et honnie comme telle.

Quand elle était jeune fille, ses aptitudes artistiques, son talent pour le dessin, étaient admirés comme quelque chose de joli et de superflu qui servait à peindre les cartes de Noël pour toute la famille et à décorer des mouchoirs. Ses parents s'étaient imposé et avaient imposé à leurs trois filles des sacrifices pour envoyer leur fils à l'université. Mais il ne serait jamais venu à l'esprit des filles d'en réclamer autant. Elles se savaient destinées à la seule carrière permise, à moins qu'elles ne désirent entrer au couvent, le seul célibat volontaire reconnu et approuvé. Mais Nicole ne comprenait pas pourquoi elle avait à ce point manqué de clairvoyance. Elle s'était réveillée de son beau rêve presque au lendemain de ses noces et s'était demandé avec consternation ce qui avait bien pu la séduire en Pierre-Paul. Elle aurait été bien en peine maintenant de trouver une explication à l'amour qu'elle avait eu pour lui durant un laps de temps très court, il est vrai. Mais elle avait fermé les yeux sur tout ce qui la choquait en lui et idéalisé le reste, toute disposée à donner son cœur et sa personne à celui qui paraissait lui offrir le plus de garanties de sécurité matérielle et morale. Mais elle avait épousé un inconnu qui ne s'était révélé à elle qu'une fois le mariage consommé. Elle avait alors compris qu'elle s'était enchaînée à l'adversité. La naissance de son fils n'avait pas comblé le vide qui se creusait d'année en année, apaisé son angoisse. Elle était déterminée, en quittant la ville où elle laissait derrière elle les six années les plus malheureuses de sa vie, à tout recommencer comme pour une nouvelle naissance. C'étaient les parents de Pierre-Paul qui élevaient son fils : elle le leur avait abandonné comme on laisse en s'enfuyant son vêtement entre les mains de la personne qui s'agrippe et veut nous retenir. Il avait trois ans lorsque Nicole était partie : il en avait maintenant presque douze. Quel enfant insupportable il devait être ! Elle se rappelait qu'il avait ses yeux et que c'était tout ce qu'elle lui avait donné d'elle-même. Tout le reste appartenait à son mari et à sa famille. Il lui était arrivé, les jours où le joug l'écrasait, de rejeter de tout son instinct cet être qu'elle avait porté, nourri de sa substance, mais qui lui appartenait si peu. Ses grands-parents s'en étaient emparé dès sa naissance, sabotant à plaisir l'autorité de sa mère. Devant les cris et les refus rageurs du bambin, la grand-mère, les lèvres plissées par ce petit sourire que sa belle-fille haïssait, attirait l'enfant et lui offrait ce que sa mère lui refusait. Le grand-père lui promettait la lune que l'enfant s'attendait à voir décrocher pour lui. Comment Nicole était-elle arrivée à cette abdication ? Elle s'était laissé imposer le rôle exécrable de victime et durant des années, sa révolte était restée toute intérieure. Elle ne s'était finalement exprimée que dans l'adultère, la seule bouée de sauvetage qu'elle avait vue à sa portée. Elle y avait finalement gagné sa liberté mais au prix de quelle misère et de quelle honte ! Les six années de son mariage lui apparaissaient à présent comme une maladie dont elle s'était définitivement guérie. Son travail, ses amours, rejetaient son mariage dans le plus lointain passé, dans le néant de l'oubli. Pourtant, elle gardait au doigt la bague de fiançailles (que les parents de Pierre-Paul lui avaient réclamée mais qu'elle avait refusé de rendre par entêtement et désir de décevoir leur cupidité) et l'alliance. Une alliance au doigt d'une femme est une garantie de respectabilité dans la société et un témoignage visible qu'un homme a bien voulu lui offrir son nom (même indigne), son cœur (même impur), sa personne (même déchue), une place dans la société (même d'esclave) et que la femme doit s'honorer de ces dons (même si elle doit en pleurer toute sa vie), sans lesquels elle devra occuper une position humiliante dans la société à moins qu'elle ne possède une force de caractère peu commune, une intelligence vraiment supérieure. L'alliance est le « Sésame ouvre-toi » de la femme, mais aussi l'anneau le plus solide de la chaîne forgée pour elle par des siècles de servitude. Nicole avait payé son alliance en humiliations de toutes sortes, en colères rentrées, en pleurs secrets, en frustrations et pour finir avec la boue dont on l'avait couverte. Mais la bague de fiançailles et l'anneau de mariage étaient restés à son doigt parce que la chaîne n'était peut-être pas encore tout à fait rompue. Pourtant, elle croyait avoir secoué sur le seuil de la maison en la quittant toute la poussière accumulée au cours des six années vécues avec Pierre-Paul. Elle se rappela son angoisse des premières semaines, des premiers mois de solitude quand, dans une chambre de Montréal, elle avait dû faire face à sa vie brisée. Par orgueil, afin de n'être pas dans sa famille un objet de pitié, aussi pour ne pas accomplir un retour en arrière qui ne pouvait être que néfaste, elle n'avait pas voulu habiter chez ses parents prêts à l'accueillir. Elle tint aussi à distance tous ceux que son malheur alléchait.

Nicole avait cessé de boire son café. L'apparition de son ex-mari l'avait plongée dans une profonde rêverie et entraînée au-delà de ses réflexions habituelles. Elle comprenait depuis longtemps que l'adultère qui avait déclenché autrefois la mise en œuvre de sa libération (mais après combien de mois de misère et d'humiliations) était une sorte de suicide. Elle s'y était jetée comme on se jette devant une voiture ou à l'eau. Peut-être avait-elle été volontairement imprudente dans le but secret (inavoué) de faire éclater le scandale et de provoquer une rupture qu'elle n'avait pas le courage de consommer de son plein gré. Elle ne se rappelait pas sans un certain malaise la jeune femme si peu courageuse de ce temps-là. « Aujourd'hui, j'emploierais d'autres moyens », songea-t-elle.

Elle désira soudain entendre parler de son fils, savoir ce qu'il était devenu. Elle pouvait adresser à Pierre-Paul un signe qui le ferait venir à sa table.

Mais elle s'aperçut avec étonnement que les trois hommes avaient quitté le restaurant, que la serveuse débarrassait leur table. Elle ressentit une amère déception, presque une insulte devant ce fait qu'il était parti sans avoir ressenti le désir de lui adresser la parole, ne fût-ce que quelques mots. Elle lui en voulut comme s'il avait encore une fois commis une indélicatesse à son égard. « C'est bien lui, je le reconnais. Toujours aussi malotru », songea-t-elle avec un dépit qu'elle ne pouvait maîtriser. Elle ne retourna pas au magasin mais rentra chez elle et prévint par téléphone son assistante qu'elle serait absente tout l'après-midi. Sa migraine n'était pas feinte : lancinante, elle martelait son sourcil droit. Nicole se déshabilla et se coucha après avoir pris deux cachets d'aspirine. Elle resta allongée dans l'obscurité de sa chambre aux tentures fermées, cherchant dans son esprit quelque chose qu'il lui semblait avoir perdu longtemps auparavant et qu'il lui fallait retrouver pour continuer à vivre. La rencontre de son ex-mari suscitait des pensées qu'elle s'interdisait d'ordinaire mais comme une machine mise en marche, les pensées ne s'arrêtaient plus. Elles provoquaient un sentiment croissant de peur, comme si Nicole redoutait un événement qui changerait de nouveau tout le cours de sa vie. Pourtant, que pouvait-il se produire qui dérangerait l'ordre si bien établi, qui brouillerait les pistes bien tracées où, elle en avait la certitude, elle ne courait aucun risque de s'égarer ? Elle devait tout au plus s'étonner de n'avoir jamais aperçu son mari avant ce jour. La ville où il habitait n'était pas très éloignée de Montréal où, elle ne l'ignorait pas, il venait souvent, pour affaires ou plaisir. Cette rencontre fortuite n'aurait pas dû provoquer cette angoisse déraisonnable. Cette angoisse était réelle pourtant et dans le silence de sa chambre obscure, Nicole se laissait envahir par elle, insinuante comme le grignotement de son réveille-matin électrique. La sonnerie du téléphone placé près de son lit l'atteignit à peine, comme si elle l'entendait résonner d'une autre pièce. Sachant qui l'appelait, elle ne répondit pas. Il devait s'inquiéter de son absence du magasin où il téléphonait chaque jour à cette heure. En ne répondant pas, elle lui fournissait une raison de douter d'elle et elle devait s'attendre à un interrogatoire à leur prochaine rencontre. Mais elle n'avait rien à lui dire : elle voulait simplement rester seule quelques heures.

Lorsque la sonnerie du téléphone la tira brusquement de son sommeil un moment plus tard, elle connut cette fois encore avant de répondre, l'identité de celui qui appelait. L'attente de l'appel de Pierre-Paul avait habité son sommeil. Elle ne s'étonna pas d'entendre sa voix ni qu'il demandât à la voir. Il pouvait être chez elle dans un quart d'heure, dit-il. Elle lui demanda de ne pas venir avant une heure. Elle avait soudain envie de se parer comme à leur premier rendez-vous, non pour lui plaire mais parce que sa belle assurance l'avait abandonnée. Elle doutait d'elle-même pour la première fois depuis des années. Elle mit un temps infini à choisir une robe ; elle voulut se maquiller avec un plus grand soin. Mais en posant sur ses joues le fond de teint, elle aperçut dans la glace un visage qu'elle ne reconnut pas. C'était celui d'une femme traquée qui craint de ne pouvoir sortir vivante du piège dans lequel elle est tombée. Aussitôt, elle rouvrit le robinet et se lava à grande eau. Mais elle ne s'aperçut qu'elle pleurait que lorsqu'elle prit la serviette pour essuyer son visage. « Qu'est-ce que j'ai ? » demanda-t-elle à la figure mouillée qui pleurait dans la glace. « Je n'aurais pas dû accepter de le recevoir mais je voulais avoir des nouvelles de mon fils. Je ne peux pas l'empêcher de venir maintenant. Je ne sais pas où il est. » Elle comprit alors qu'elle pleurait sa jeunesse, toutes ses illusions perdues, ses rêves détruits et aussi ce qu'elle n'avait jamais compris jusque-là : qu'elle ne s'était jamais connue, qu'elle avait accepté toutes les compromissions, qu'elle avait commis toutes les lâchetés, y compris celle d'abandonner son fils. Il n'y avait jamais eu de vraie Nicole, réelle, véritable, la seule authentique. Elle avait été façonnée par les autres, de génération en génération et c'étaient les autres qui l'avaient modelée, définie, sans lui laisser son libre arbitre. « Qu'est-ce que je voulais être ? » demanda-t-elle à son reflet. La réponse ne vint pas tout de suite. Il se passa un long moment pendant lequel

Nicole dut descendre en elle-même, reprendre l'interrogation, la retourner dans tous les sens afin de la bien comprendre. Pendant ce temps, elle ne quitta pas des yeux son reflet dans la glace. « Je voulais être MOI », répondit soudain le reflet. En même temps, il exprima un tel étonnement, un tel ébahissement que Nicole ne put s'empêcher de sourire. « Ça t'étonne, hein, ma vieille ? » dit-elle à son image qu'elle contempla comme si elle en attendait une autre extraordinaire révélation.

Elle retira de son annulaire la bague et l'alliance afin de les rendre à Pierre-Paul. Le temps de ce détachement était venu. Son doigt lui parut tragique dans sa nudité. Il gardait et garderait encore quelque temps la trace des deux anneaux qui l'avaient encerclé si longtemps mais bientôt, il serait l'égal des neuf autres. Nicole tendit ses deux mains devant elle et les trouva étrangement fortes et nerveuses. Les veines apparentes y traçaient des sillons bleus sous la peau ; les os métacarpiens crénelaient les phalanges à leur point de départ et les doigts, longs et fins, aux ongles bombés, recélaient plus de force que ne le laissait croire leur gracilité. Nicole aima ses mains.

La visite de Pierre-Paul ne ferait pas renaître le passé : elle n'avait plus rien à craindre. S'il lui parlait de l'enfant, elle le ferait taire. Elle ne voulait plus rien savoir de cet être à qui elle avait donné la vie et rien de plus. Il ne lui avait jamais appartenu : aussi, valait-il mieux ne pas renouer avec lui. Si plus tard, il manifestait le désir de connaître sa mère, elle l'accueillerait mais seulement si le désir venait de lui. Il trouverait une femme forte, en pleine possession de sa personnalité, de sa maturité, capable d'assumer toute la responsabilité d'un passé qu'il n'était pas possible de rejeter tout entier. Elle devait rompre avec cet amant pour qui elle n'avait que pitié et une tendresse tiède soutenue par l'habitude. Elle commençait une ascension, la plus pénible de toutes et qui lui demanderait plus de courage que pour tout ce qu'elle avait accompli jusque-là. Elle allait démissionner de cet emploi qui ne répondait plus à ses aspirations. Là aussi, elle s'était leurrée. Décorer des appartements bourgeois de manière à satisfaire le client dont l'ambition était le plus souvent d'épater les autres, et les directeurs du magasin en vendant le plus d'objets encombrants possible, ne lui apportait plus que dégoût et lassitude. Elle le savait depuis des mois mais refusait d'en prendre conscience par crainte et paresse, comme elle avait toujours refusé autrefois d'admettre l'échec de son mariage.

Si elle parvenait au haut de la pente abrupte, elle trouverait quelqu'un qui l'y attendait depuis toujours : ELLE-MÊME.

Le flocon de neige

À onze heures et deux minutes, Robert Coudée cessa d'aligner des chiffres dans un grand registre, enleva ses lunettes, les essuya longuement avec le bout de sa cravate comme pour effacer l'empreinte des chiffres sur les verres. Il regarda en clignant ses yeux myopes les deux dactylos dont les pupitres touchaient le sien. Dans cette salle exiguë, les deux dactylos et le comptable se côtoyaient à longueur de journée et l'un ne pouvait se gratter le nez sans que les deux autres voient son geste. En raison de son ancienneté comme employé de « Th. Legros and sons, charbon et huile à chauffage. Coal and fuel », Robert avait la chance d'être placé près de la fenêtre, non que le paysage en valût la peine : l'horizon était borné par la cour remplie de piles plus ou moins hautes de charbon, de hangars sombres et de quelques wagons stationnés sur une voie de service, les uns remplis de coke, les autres vides. Une poussière noire étendait un voile opaque sur l'ensemble, obscurcissait même le ciel dont un pan filtrait entre deux hangars. En remettant ses lunettes, Robert Coudée tourna la tête vers cette fenêtre :

— Avez-vous vu ? Il neige.

La plus âgée des deux dactylos cessa aussitôt de taper à la machine et jeta vers la fenêtre un regard empreint de rancune, comme si elle en voulait personnellement à l'hiver d'être arrivé, à la neige de tomber, à Robert Coudée de le lui rappeler. Elle prévoyait des mois de misère à grelotter aux arrêts d'autobus en attendant de monter dans un véhicule bondé et surchauffé dans lequel elle transpirait sous son manteau de fourrure et qui rendait encore plus pénible la marche dans le vent et le froid jusqu'à la maison, en regrettant de n'avoir pas fait comme ceux qui en ont un beau matin assez de l'hiver et émigrent en Floride ou en Californie.

— La première neige, murmura-t-elle. L'hiver qui commence. On n'a pas fini de geler. Pourquoi est-ce que je n'ai pas fait comme mon cousin qui est parti pour la Californie il y a deux ans ? Il nous a envoyé une carte à Noël. Il y avait des rhododendrons tout en fleurs sur la carte et mon cousin écrivait qu'ils fleurissent toute l'année. Vous vous rendez compte. Et au Jour de l'An, savez-vous ce qu'il a fait pendant que nous, nous gelions ? Il s'est baigné dans la mer.

Elle se remit à son travail mais Robert Coudée ne retourna pas tout de suite à ses chiffres. Il continua de regarder par la fenêtre. De ce bureau, il n'apercevait de l'hiver qu'une image toute noire, comme s'il était au fond d'une mine de charbon. Les registres, les pupitres, les dossiers, le moindre objet, ainsi que les doigts se recouvraient de poussière noire. Et même sur les visages, apparaissaient de temps à autre de petits points noirs qui laissaient une trace sombre quand on les essuyait avec un mouchoir. Les vitres des fenêtres qui n'étaient pas souvent lavées gardaient presque toute l'année une pellicule qui assombrissait les jours les plus ensoleillés et revêtait la neige d'une teinte grisâtre.

Les commandes affluaient dès septembre en prévision de l'hiver qui arrive toujours et parfois anticipe sa venue, contrairement au printemps et à l'été qui retardent souvent leur arrivée et qui s'attardent rarement. Avec la première neige, en novembre, l'hiver est là pour rester au moins une demi-année.

— On dirait que ça vous surprend, dit la jeune dactylo. La neige, on en a toujours. Autant vous y faire tout de suite.

— Vous aimez l'hiver, vous ? demanda la plus âgée.

— Oui, bien sûr. Moi, ça ne me dirait rien de me baigner au Jour de l'An. J'aime mieux faire du ski. Je vais dans le Nord presque toutes les fins de semaine. Au Jour de l'An, l'année passée, on est allé en bande dans le Vermont. Ce qu'on s'est amusé.

— Vous avez bien de la chance de vous amuser durant l'hiver. Attendez que les rhumatismes vous gardent chez vous les fins de semaine. Vous verrez comme c'est drôle.

— Pourquoi voulez-vous que j'aie des rhumatismes ? Tout le monde n'est pas obligé d'en avoir. Et puis, l'hiver, on ne peut pas l'empêcher de venir. Alors, aussi bien s'amuser plutôt que de passer six mois de l'année à se lamenter.

Les flocons de neige frappaient la vitre, tombaient sur le rebord de la fenêtre ou s'envolaient, happés par le vent. La première neige est toujours étonnante et impressionnante. Chaque année, son apparition renouvelle l'émerveillement devant l'espace qui se remplit soudain de points blancs et légers, dansants, dont le vent s'empare et qu'il mène à son gré. Bien qu'ils soient attendus et même redoutés depuis des semaines car ils apportent la certitude de l'hiver avec eux, ils n'en suscitent pas moins, le premier jour, un étonnement ravi.

L'hiver s'inscrit tout d'abord dans le ciel par une couleur pâle comme une feuille de chou avec des stries grises qui annonce la fin de l'automne. Le vent exhale des effluves glacées et même si le soleil brille durant la journée, la nuit se durcit d'un gel de plus en plus profond et pénétrant. Le matin, la gelée blanche de la rosée fond de plus en plus lentement et les dernières feuilles toutes recroquevillées se décident enfin à rejoindre le sol. Puis, le gel s'enfonce, se resserre et un beau jour, les flocons dansent dans l'espace leur danse folle qui est un signe heureux car si la neige tarde trop, l'hiver revêt un aspect sinistre.

Depuis des années, à vrai dire depuis qu'il a conscience d'exister, Robert Coudée souhaite la neige dès le mois d'octobre. Elle est son alliée, sa complice. Avec elle, il ose rêver, il accomplit des exploits, il fait exactement ce qu'il veut. Quand il était petit garçon, rien ne lui plaisait autant que de se cacher derrière un mur et de faire tomber le chapeau d'un passant avec une boule de neige bien tassée, ou même de lancer sur la nuque une poignée de neige qui coulait dans le cou en fondant. Mais si ces enfantillages sont terminés depuis longtemps, par contre, la magie de la neige est restée. Son apparition est comme une promesse remplie. Elle a toujours étonné et ravi Robert Coudée. Fasciné, il aime la regarder tomber durant des heures, jamais las de la voir tourbillonner dans tous les sens, ou tomber en gros flocons serrés, telle une mouvante draperie.

Il en mangeait quand il était enfant et même encore à la campagne seulement lorsqu'il a la chance d'y aller après une belle bordée. Il est impossible de trouver à la ville une neige pure ; elle se salit en tombant. Elle n'est pas comme la pluie : elle a un goût particulier, impossible à définir, qui varie selon les régions et les endroits : celui du bois ou de la sève d'érable, de la meringue glacée et parfois même la fraise. En la regardant tomber, Robert Coudée se demandait d'où elle venait. On lui disait que c'était de la pluie gelée mais il n'en croyait rien. C'était plus que ça, mieux que ça. La pluie ne changeait pas l'aspect des choses et ne les cachait jamais. Sous la pluie, la cour était encore plus noire et les rues toujours aussi laides : l'escalier qui tournait devant la façade de la maison où Robert habitait avec sa mère au deuxième étage ne perdait rien de son apparence d'escalier sous la pluie. Mais la neige métamorphosait tout ce qu'elle touchait. La laideur disparaissait comme par enchantement et tout ce qui était noir se couvrait d'une éclatante blancheur. Les cristaux de neige revêtaient les choses de formes fantastiques et trompeuses mais toujours ravissantes. La nuit hivernale n'était pas tout à fait la nuit mais une paix cristalline d'un bleu intense et léger. La neige encapuchonnait les poteaux de bonnets ronds ou pointus ; elle enveloppait les arbres et leurs branches d'une ouate protectrice contre de trop profondes gelées.

Elle sculptait les rampes des escaliers, peignait de blanc les façades grises ou rouges. En somme, elle était une merveilleuse artiste qui embellissait la vie. Durant six mois de l'année, il fallait compter avec elle et la vie se déroulait en fonction de sa présence ou de son absence. Elle jetait des diamants par millions sur la terre, les jours ensoleillés et les nuits claires. Mais elle pouvait aussi être une force redoutable lorsqu'elle dévalait des montagnes en avalanche meurtrière ou lorsque sa trop grande abondance faisait sortir au printemps les rivières et les fleuves de leurs lits.

Mais, avec la première chute, apparaissait la Petite Princesse. Elle arrivait dès la toute première tempête de neige, restait tout l'hiver. Au printemps, elle disparaissait avec la dernière neige fondue sans jamais dévoiler le lieu de sa retraite. Robert Coudée avait tellement l'habitude de l'attendre dès l'automne, de passer avec elle tout l'hiver qu'il avait oublié de se marier. Il est vrai qu'il avait essayé une fois mais sa mère avait réagi d'une manière telle que la fiancée avait pris peur et rompu les fiançailles. Il vivait donc entre sa mère et le bureau où comme comptable, il alignait des chiffres huit heures par jour et durant cinq jours par semaine. Il les portait au crédit ou au débit, établissait des bilans pour le compte de « Th. Legros and sons, charbon et huile à chauffage. Coal and fuel », depuis vingt-cinq ans. Mais il avait oublié de compter les années : à vrai dire, elles se déroulaient au rythme immuable de trois cent soixante-cinq (soixante-six les années bissextiles) jours chacune, sans événement mémorable qui les différenciât l'un de l'autre. Il ne se rappelait plus si son père était mort quand il avait neuf ou dix ans. Sa sœur s'était mariée (et sa mère ne s'était pas du tout opposée à ce mariage. Au contraire, elle y avait plutôt poussé sa fille en lui répétant de profiter de l'occasion au cas ou un deuxième prétendant ne se présenterait pas), il ne savait plus très bien à quelle époque. Il évitait de rencontrer son beau-frère autant qu'il le pouvait et ses neveux et nièces lui étaient indifférents. L'été, il prenait comme tout le monde deux semaines de vacances qu'il passait avec sa mère où elle le désirait : en Gaspésie, à Cape Cod, ou près d'un lac laurentien, ce qu'il détestait à cause des mouches noires et des maringouins, avides de son sang. En général, l'endroit lui importait peu puisque c'était uniquement pour plaire à sa mère qu'il y allait. Elle aimait les déplacements, les voyages, les rencontres, la vie dans les hôtels ou les pensions où elle pouvait vraiment se reposer en mangeant des plats qu'elle n'avait pas eus à préparer, bien qu'elle les critiquât et déclarât que personne ne faisait la cuisine aussi bien qu'elle. Sans autre occupation, elle pouvait tout à loisir surveiller les femmes susceptibles de plaire à son fils. D'année en année, ces femmes avaient vieilli : autrefois, elle soupçonnait toutes les jeunes filles de vingt à vingt-cinq ans. Mais à présent, elle craignait surtout les veuves et les divorcées de trente-cinq à quarante ans, les accusait du noir dessein de lui enlever son fils. Pourtant, il y avait bien longtemps que la timidité de Robert Coudée le retenait de faire la cour aux femmes. À part les deux dactylos sur qui sa mère avait fait une enquête serrée, Robert adressait rarement la parole à une femme. La plus âgée des dactylos avait caressé quelque espoir au début mais comprenant très tôt la nature véritable des rapports du comptable avec sa terrible mère, elle s'était cantonnée dans une réserve salutaire.

Un été, il avait conduit sa mère en Europe. Durant trois semaines, ils avaient parcouru des pays et des contrées, courant d'une capitale à une ville d'eaux et d'art, d'un monument célèbre dont ils n'avaient jamais entendu parler à une ruine historique dont ils ignoraient l'histoire. La Tour Eiffel, le Vatican et la Basilique Saint-Pierre, Naples et Pompéi, le lac de Genève, la Croisette de Cannes, la Cannebière à Marseille, formaient dans leur esprit un magma de souvenirs confus et de fatigue intense, de maux de pied et d'estomac détraqué. D'ailleurs, que pouvaient bien offrir à Robert Coudée tous ces pays sans neige ?

— Durant l'hiver, j'ai le rhume presque tout le temps, dit la jeune dactylo.

— C'est parce que vous ne vous habillez pas assez chaudement. Je parie que vous portez les mêmes sous-vêtements qu'en été. La jeunesse ne prend pas soin de sa santé. Vous le regretterez plus tard quand vous serez percluse de rhumatismes.

— On dirait que vous me le souhaitez.

— Non, seulement, mieux vaut prévenir que guérir. Habillez-vous plus chaudement maintenant et vous souffrirez moins plus tard.

— On est dans un pays libre. Je m'habille comme je veux. Ça ne vous regarde pas.

— Bon, faites à votre tête. Je parlais pour votre bien. Mais vous, Robert, vous aimez l'hiver. Je n'ai jamais compris pourquoi vous ne faites aucun sport. Vous n'avez jamais fait de ski ni de patin.

Robert Coudée ne répondit pas parce qu'il n'entendit pas et il n'entendit pas parce que son esprit était ailleurs. Au fond, ce n'était pas la saison en soi qu'il aimait mais la neige. S'il avait neigé en été, il aurait aimé l'été.

Les flocons tourbillonnaient de plus en plus nombreux dans une danse effrénée que le vent conduisait à son gré. Robert observa un flocon un peu plus gros que les autres qui frappait la vitre. Il dansait dans l'espace, tournait, virevoltait, s'approchait de la fenêtre, frappait la vitre et s'éloignait, emporté par le vent. Mais il revenait bientôt et recommençait sa danse devant la fenêtre. Robert Coudée ne le perdait pas de vue : il suivait les évolutions ailées du flocon de neige qui avait la forme d'une double étoile de David. Il était comme la reine d'un essaim, entourée de toutes les ouvrières attentives et diligentes. La Petite Princesse était donc arrivée : légère, toute blanche, éblouissante, fidèle au rendez-vous annuel. Robert Coudée se leva, chaussa ses bottes fourrées, mit son pardessus, son bonnet de loutre, son écharpe et ses gants, un ensemble tricoté par sa mère. Il sortit. Il ne savait jamais où la Petite Princesse le conduisait : chaque année, c'était différent mais toujours merveilleux. C'était toujours vers une région où régnait le froid le plus vif afin que la Petite Princesse ne meure pas. Aussi, Robert Coudée devait-il toujours s'habiller chaudement et se protéger contre le danger d'attraper le rhume ou l'angine que sa mère lui promettait chaque hiver. C'est pourquoi, dès octobre, il revêtait son sous-vêtement de coton ouaté et d'épaisses chaussettes que sa mère tricotait toute l'année et dont il possédait d'innombrables paires. Il pouvait sans crainte affronter avec la Petite Princesse les rives les plus glacées, les régions où jamais le sol ne dégèle, les pays où les arbres sont toute l'année couverts de givre, où les fleuves gelés se traversent à pied ou en voiture. Cette Petite Princesse toute blanche, toute menue, n'avait même pas besoin de baguette magique. Sa seule présence abolissait tous les obstacles. D'ailleurs, partout où elle allait régnaient clarté, douceur, lumière. L'air lavé de toutes ses impuretés était si léger qu'une plume ne retombait pas et que Robert Coudée pouvait à son gré flotter dans l'espace. Cette fois encore, dès l'apparition de la Petite Princesse, la ville se pétrifia, les véhicules stoppèrent et ne repartirent plus, les passants se congelèrent instantanément, les bâtisses formèrent d'énormes blocs de glace. Les arbres furent de cristal dans lequel la lumière fit briller son prisme. Tout ce qui était noir ou sombre disparut. Il n'existait plus que ce blanc lumineux, cette transparence lactée. Alors, le temps était venu d'épouser la Petite Princesse pour la quarantième fois. La cérémonie avait lieu une fois l'an, dès leur première rencontre. La première fois que ce mariage fût célébré, Robert Coudée n'avait que cinq ans mais depuis, chaque année, à la première chute de neige, il s'accomplit. La date varie selon le jour de l'apparition de la Petite Princesse. Elle s'est fait parfois attendre jusqu'à Noël et même jusqu'au Jour de l'An mais en quarante ans, cela ne lui est arrivé que trois fois.

Les invités ne varient guère ; sa mère, son père aussi longtemps qu'il a vécu ; sa sœur et son mari, leurs enfants. Le patron et les deux dactylos, les chauffeurs des camions (qui changent presque tous les ans mais qui sont toujours des brutes qui racontent tout le temps des histoires obscènes). Ce sont les personnes qui peuplent l'univers de Robert Coudée. Il place toujours sa mère au premier rang afin qu'elle ne perde rien du spectacle. Mais dès qu'ils ont pris place, les invités se congèlent jusqu'au cou. Seuls le cou et la tête restent libres et vivants. Cependant, ils ne peuvent que voir et entendre. Parler leur est interdit puisque leur langue gèle dans leur bouche. Le gel saisit les pieds et les immobilise rapidement, puis il monte le long des jambes et caparaçonne le tronc. Robert et la Petite Princesse s'amusent à observer l'expression de ces personnes qui sentent le froid s'emparer de leur corps, l'entourer d'une armure de glace. Robert ressent une joie fulgurante à la pensée qu'il va dans un instant se marier devant sa mère réduite à l'impuissance.

Il passe au doigt de la Petite Princesse un anneau de cristal, puis ils partent pour un long voyage de noces dans un pays tout blanc où des géants inoffensifs vêtus de blanc s'empressent de satisfaire leur moindre désir sans qu'il soit nécessaire de l'exprimer. Dans ce pays, tout est parfait de luminosité et de blancheur, même le désir. Après le repas de noces, Robert Coudée se déshabille. Il enlève tous ses vêtements : pardessus, bonnet de loutre, écharpe et gants de laine tricotés, chaussettes et même ce sous-vêtement de coton ouaté qu'il déteste plus que tout le reste. Devant la ville de glace, les passants gelés, devant sa mère pétrifiée jusqu'à la tête par le gel, les yeux exhorbités mais la langue gelée, Robert Coudée danse tout nu avec un flocon de neige.

L'organiste

L'apparition du curé à l'orgue ne manqua pas d'intriguer Louise Lacombe mais elle n'en continua pas moins à jouer le choral « Nun komm' der Heiden Heiland » (Voici le Sauveur des païens). Elle n'interromprait pas un choral de Bach même si le curé venait lui apprendre que l'église brûlait ou qu'un séisme menaçait de tout faire crouler. Elle aimait plus que tout au monde le maître de Leipzig, puis les orgues dont elle était la titulaire depuis quarante-huit ans. Étroitement mêlée à la vie de la paroisse qui formait jadis un monde clos, bien défini et délimité, elle avait accompagné les messes de mariage et les services funèbres de presque tous les paroissiens depuis deux ou trois générations. Elle n'aurait laissé à personne le soin de toucher l'orgue au service de son père qui l'avait initiée aux secrets de l'incomparable instrument. À cette tribune, Louise Lacombe avait oublié les désillusions et les peines, renouvelé les joies. Lorsque cette vieille dame de soixante-huit ans sentait le besoin de communiquer avec l'esprit des maîtres, elle montait lentement (un peu plus lentement chaque fois) à l'orgue, attendait de retrouver son souffle et que le léger tremblement de ses mains cessât. Un moment plus tard, le ronronnement de la soufflerie, la préparation des registres avant l'exécution d'un choral ou d'un prélude et fugue de Bach, la replaçaient dans la seule réalité qui lui était vraiment familière. La musique prenait possession de son esprit et rien ni personne ne la dérangeait plus.

Le prêtre observa le dos étroit, les cheveux presque blancs, les bras qu'il devinait osseux sous les manches de la robe lie-de-vin. Ce corps formait comme un appendice du buffet de l'orgue et en absorbait la substance. Les mains avaient la couleur ivoirine des claviers ; les jambes maigres chaussées de souliers aux talons plats prolongeaient les longues touches de bois du pédalier qu'ils actionnaient. Pendant que se tissait la sombre mélodie du choral, soutenue par des accords calmes et profonds, le recueillement de l'organiste, sa parfaite concentration impressionnèrent le prêtre, sollicitèrent son attention et sa compréhension. Lorsqu'il avait été nommé curé de cette paroisse, l'organiste occupait son poste depuis déjà de nombreuses années. Son âge et son expérience, son caractère indépendant et autoritaire en avaient imposé à cet homme encore jeune et pas du tout mélomane. Prudent, il ne s'était pas immiscé dans un domaine où il reconnaissait n'avoir aucune compétence. Aussi, leurs rapports, bien que distants, restaient-ils cordiaux. Chargé d'une mission désagréable, c'est sans enthousiasme qu'il était monté jusqu'à l'orgue. En écoutant et en regardant l'organiste, il prit davantage conscience du coup qu'il allait lui porter et il aima de moins en moins le rôle qui lui avait été départi et le message qu'il devait livrer. Le choral sombre et méditatif sur la venue du Sauveur des païens (qui sont rarement ceux que l'on croit) invitait plutôt au silence, à la prière et au repentir mais aussi à l'espérance alors que le prêtre s'apprêtait à déverser l'amertume et peut-être pire dans le cœur de l'organiste. Il eut envie de remettre l'entretien à plus tard, de redescendre sans parler, mais comme il faudrait le faire tôt ou tard, il jugea préférable de se décharger le plus tôt possible de ce fardeau. Il s'assit sur un banc et attendit que Louise eût fini de jouer et consentît à l'entendre.

Après le dernier accord, Louise Lacombe ne bougea pas. Elle attendit que le silence se soit rétabli, que la longue écharpe des harmoniques ait cessé d'ondoyer autour des piliers, dans la nef et la tribune. Elle ne sortait que très lentement de l'univers de la musique. Ce corps et cet esprit restés vierges n'avaient pas perdu le don d'émerveillement et le mal n'avait sur eux aucune emprise.

— Mademoiselle, j'ai une bien mauvaise nouvelle à vous apprendre.

Louise Lacombe tressaillit en entendant la voix du prêtre : elle avait oublié sa présence. Elle éteignit le moteur de la soufflerie, se glissa hors du banc et vint s'asseoir près du curé. Le prêtre ressentit pour l'organiste une commisération toute nouvelle. Le moment qu'il venait de passer à l'orgue lui avait révélé la profondeur du sentiment qui reliait l'artiste à son instrument. Il ne savait plus comment s'acquitter de sa mission, quels mots employer qui ne seraient pas trop durs, qui n'infligeraient pas une trop profonde blessure. Il restait silencieux, n'osant plus regarder ce visage étrangement jeune encore, ces yeux enfantins. Comprenant que Louise Lacombe habitait un monde très particulier, réfractaire à toute laideur, il se sentait comme un malfaiteur sur le point de pénétrer par effraction dans une chambre secrète et protégée.

Devant le visage sérieux du prêtre, son silence, Louise Lacombe eut la certitude qu'il venait lui apprendre son remplacement par un organiste plus jeune : elle se prépara à recevoir ce dur coup. À vrai dire, elle s'y attendait depuis que le curé, désireux d'attirer dans son église une jeunesse qui la désertait, y avait introduit des guitaristes. Louise Lacombe ne s'était jamais remise de ce qui lui était apparu comme un sacrilège. Sans compter d'autres mutations qui la désemparaient et l'indignaient : le latin proscrit, le chant grégorien relégué aux archives, la chorale dissoute depuis que les fidèles eux-mêmes chantaient (si on pouvait appeler chanter la cacophonie qui torturait chaque dimanche l'oreille sensible de Louise) aux offices des cantiques et des hymnes sans aucune beauté musicale. Les vêpres avaient été abolies et les cérémonies grandioses, retentissantes du grand plein jeu des orgues, se faisaient de plus en plus rares. Le temps venu, Louise ne serait pas fâchée de céder une tâche devenue ingrate à un

135

autre, un de ses élèves qui, n'ayant pas connu des temps meilleurs, n'aurait pas la nostalgie du passé. Mais elle ne voulait pas se retirer avant son jubilé et comme il ne restait plus que deux ans avant ce grand événement qui clôturerait si bien sa carrière, jamais elle n'aurait soupçonné qu'elle serait destituée avant la fin de ces deux années. Il n'est pas facile de terminer une carrière à laquelle on a consacré toute sa vie. Elle n'avait pas senti le temps passer, pris conscience des années qui s'ajoutaient les unes aux autres, se transformaient en décennies. Mais un beau jour, elle constata que ses contacts les plus étroits avec les autres étaient ceux de professeur à élèves. Parmi eux, elle avait choisi son successeur. De tous ceux qu'elle avait formés durant un demi-siècle d'enseignement, aucun ne lui avait procuré de telles joies. Jamais elle n'avait communiqué avec autant de plaisir tous les secrets de son art. Maintenant, c'était lui qui l'entraînait vers les sphères supérieures du génie qui l'auréolait et que seule, elle n'avait jamais osé atteindre. Un poste d'organiste lui permettrait de gagner sa vie tout en lui laissant tout loisir de composer. Il était si jeune encore ; un adolescent. Il pouvait attendre deux ans pendant lesquels Louise élaborerait sa retraite. Elle s'apprêta à plaider devant le curé à la fois sa cause et celle de son élève à qui elle croyait que revenait cette place et l'instrument qu'elle aimait tant. Elle voulait se retirer en beauté après avoir donné un récital d'orgue où elle jouerait ses œuvres préférées et celle que le jeune compositeur lui avait promise pour cette occasion et qui serait le point culminant, non seulement du récital mais aussi de toute sa carrière. Elle n'avait qu'à fermer les yeux, tendre un peu l'oreille pour entendre l'écho des sons dont elle avait rempli la voûte durant tant d'années et pour tant de cérémonies. Dans deux ans, elle se retirerait avec la conscience du devoir accompli et avec d'autant plus de satisfaction qu'elle déplorait en son for intérieur les tendances actuelles de l'Église. Cependant, le soupçon la pénétrait de devoir renoncer à ses projets, de devoir dès à présent n'être plus qu'une vieille dame à qui l'on signifie sans ménagement son congé, que l'on repousse comme un membre inutile et encombrant. Elle attendit, le cœur lourd, que le curé se décide à parler mais le silence se prolongeant, elle ne douta plus. Le remplaçant devait même être déjà choisi et peut-être déjà engagé. On lui donnait son congé d'une manière odieuse et le prêtre était monté jusqu'à l'orgue, ce qu'il ne faisait que dans des circonstances vraiment exceptionnelles, pour la placer devant le fait accompli.

— Qu'est-ce que vous avez à me dire, monsieur le curé ?

— Il y a quelques jours, le conseil de la fabrique s'est réuni et il est arrivé à la conclusion que cette église coûte trop cher, qu'elle est beaucoup trop grande maintenant pour le nombre de paroissiens qui la fréquentent. Vous vous rendez compte vous-même qu'il y a de moins en moins de monde aux messes. L'hiver, il faut la chauffer et avec l'augmentation du coût de la vie, les prix qui ne cessent de grimper, il paraît que la fabrique s'en va tout droit à la faillite. Alors, on a décidé de vendre l'église. Un promoteur veut l'acheter et la démolir pour construire à sa place un immeuble de bureaux. Un vrai gratte-ciel de quarante étages. Il trouve que l'emplacement en pleine ville est idéal. Les temps changent, comme vous voyez.

Les paroles du prêtre se frayèrent lentement un chemin jusqu'à l'esprit de Louise Lacombe. Elle en écouta l'écho comme des harmoniques dont elle suivrait le déroulement. Elle chercha une réponse mais elle se rappela que le curé ne lui avait posé aucune question. Il venait avec des mots très simples et tout à fait compréhensibles de l'aviser d'un événement bouleversant, imprévisible, que l'organiste n'aurait jamais imaginé, sauf dans un cauchemar : la démolition de l'église et, suite inévitable, la perte de l'orgue.

— C'est pour quand ?

— Pour bientôt. Avant l'hiver. Une fois que ces décisions sont prises, ça va vite pour que tout se mette en marche.

— Vous le savez depuis longtemps ?

— C'est-à-dire qu'on en parlait mais la décision finale a été prise il y a trois ou quatre jours et le conseil de la

fabrique m'a demandé de vous prévenir. De toutes façons, vous songiez à prendre votre retraite.

— Et l'orgue ? Qu'est-ce qu'on va en faire ?

— Je suppose que s'il n'est pas trop vieux, on va le
mettre en vente.

Louise Lacombe considéra la console de l'orgue : les
trois claviers, le pédalier, le sommier et ses registres, les
tubes de grosseur et de longueur différentes où étaient
enfermés les sons. Son orgue. On ne joue pas d'un instrument durant quarante-huit ans sans qu'il s'intègre à soi.
Lorsqu'elle montait à cette tribune, elle se plaçait dans un
état particulier d'attente et quand elle mettait en marche la
soufflerie, c'était comme le cœur des orgues qu'elle entendait battre. Alors, il lui semblait que son propre cœur
battait au même rythme. Louise Lacombe et cet orgue
formaient une paire inséparable, indivisible. Elle avait usé
l'ivoire des claviers et chaque touche du pédalier portait
l'empreinte de ses pieds. Le nom de certains jeux qu'elle
avait si souvent maniés était effacé mais Louise savait les
yeux fermés comment faire résonner la musette, le hautbois, la bombarde, la voix céleste et la voix humaine. Elle
connaissait l'orgue (son orgue) comme elle n'avait jamais
connu aucun être humain : son cœur timide et chaste
n'avait osé se confier qu'à cet instrument qui était toute sa
vie. Depuis que sa famille était morte ou dispersée, il lui
tenait lieu de parent et même d'ami. Le détruire, c'était
aussi détruire la personne qui se nommait Louise Lacombe ; c'était faire d'elle un fantôme puisqu'il anéantissait tout son passé et même son avenir. À la place de
l'église et des orgues allait se dresser un immeuble de
bureaux. Les murs de l'église saturés des sons que les
orgues avaient projetés sur eux s'écrouleront dans la poussière de leurs vieilles pierres. En les abattant, c'était aussi la
musique que l'on allait détruire et pour la remplacer par le
cliquetis des machines à écrire et à calculer, des ordina-
teurs. De la musique, il ne restera absolument rien, même
pas un souvenir, rien qui la rappelle aux générations futu-
res. Tout allait tomber dans le néant sous les coups des
démolisseurs. Dans quelques années, l'on oubliera que

durant plus d'un siècle, un temple a dressé sa flèche sur cette place, que des cloches ont appelé les fidèles aux offices et que le plus merveilleux instrument a donné aux cérémonies une ampleur insurpassée. Ce qui allait suivre abolissait tout le passé, l'anéantissait. Aux prières, aux chants, à la flamboyante sonorité des orgues, succédera le vacarme des affaires et du commerce.

Après le départ du curé, Louise Lacombe se sentit si malheureuse, une telle angoisse lui serra le cœur qu'elle respira avec peine, comme si elle venait de monter l'escalier à toute vitesse. En quelques minutes, le temps déroula des années entières qui s'abattirent sur Louise. Ainsi, sa carrière finissait par la destruction et la perte de son orgue. Sa vie se terminait dans le néant. Non comme elle l'avait prévu, souhaité, rêvé. Ce projet qui lui tenait tant à cœur ne serait jamais concrétisé. Qu'il soit vendu ou détruit, Louise Lacombe ne verrait plus l'instrument, n'en jouerait plus, ne l'entendrait même pas. Elle n'aurait jamais la joie d'écouter de la nef son élève préféré faire vibrer la voûte avec cet instrument unique, le seul à pouvoir faire chanter une flûte gracile, une simple clarinette ou un hautbois rustique, puis passer en un instant, par la seule manipulation de réglettes au déploiement grandiose de son grand plein jeu, plus puissant qu'un orchestre.

Elle remit la soufflerie en marche et de nouveau, elle écouta le ronronnement qui était comme la respiration des orgues. Elle se glissa sur le banc, manœuvra les réglettes et se concentra un long moment. Mais elle renonça à jouer : un silence nouveau était tombé dans le temple, pesant comme une masse que rien désormais ne pouvait déplacer, comme si les murs s'étaient déjà effondrés, écrasant l'organiste sous les décombres. Tout était fini de toutes façons. Ce n'était plus qu'une question de mois ou peut-être de semaines et même de jours avant que le silence définitif s'installe. Les œuvres que Louise avait apprises et retenues, dans lesquelles elle avait exprimé des sentiments profonds et même secrets, s'éloignaient en une fuite éperdue. Elle ne savait plus rien de la musique et l'instrument n'était plus qu'un meuble encombrant dont on allait bientôt se débarrasser. La révolte contre ce que Louise considérait comme une injustice flagrante n'était même pas concevable : elle devait se soumettre à l'évolution des mœurs et des coutumes. Mais sans le passé, elle n'était qu'un pauvre fétu de paille à la dérive du temps. Une sorte de hoquet la secoua ; elle porta la main à son cœur. Une pointe acérée lui tritura les côtes à chaque respiration. Son cœur n'était plus en état de se défendre contre de tels coups ; l'essoufflement qui la faisait haleter chaque fois qu'elle montait à l'orgue était un indice. Son cœur, qu'aucun amour charnel n'avait usé, se lassait pourtant : il ne supportait pas certaines émotions, certains troubles. Louise Lacombe songea avec désespoir que plus rien ne retenait son élève près d'elle et que plus rien ne le ferait revenir dans deux ans s'il s'éloignait comme il en avait manifesté le désir. Comme tout artiste à l'aube de sa carrière, il voulait voyager, connaître d'autres formes d'expression, acquérir une culture dans les pays qui la lui procureraient. « Lorsque tu reviendras dans deux ans, je te lèguerai de quoi gagner ta vie. Je fêterai mon jubilé et je me retirerai. Tu auras un gagne-pain jusqu'à ta maturité et la reconnaissance universelle de ton talent », lui avait-elle répondu. Mais dans deux ans, l'église ne serait plus là, l'orgue aurait disparu. Alors, qu'est-ce qui ferait revenir le jeune homme ? Soudain, elle eut la fulgurante révélation de l'amour qui lui brûlait le cœur. Ce qui le faisait battre si fort que parfois elle avait la sensation qu'il allait éclater ou qu'il allait bondir hors de sa poitrine, ce n'était ni l'âge ni la fatigue, mais l'amour. Elle n'avait jamais aimé et voici que l'amour, son premier amour, s'emparait d'elle quand il était trop tard. Elle s'était leurrée en croyant qu'elle l'aimait comme un fils, qu'elle admirait son génie, qu'elle était toute dévouée aux soins de sa carrière. Elle l'aimait comme une jeune fille aime pour la première fois. Mais elle avait soixante-huit ans et il n'en avait pas vingt. Un demi-siècle les séparait. Elle se réveillait d'un rêve qui avait duré aussi longtemps que sa vie mais pour celui qui la réveillait, elle n'était qu'une vieille femme qui ne se décidait pas à céder sa place à ceux qui tenaient l'avenir entre leurs mains avides. Cette composition qu'il lui avait promise pour son jubilé, elle n'en avait pas vu la première note et si elle l'interrogeait, elle ne recevait que des réponses évasives. Elle ne lui dévoilerait pas encore ce qu'elle venait d'apprendre. Elle retarderait le plus longtemps possible, jusqu'à ce que les démolisseurs entreprennent leur œuvre de destruction. « Mon petit. Mon petit. » La douleur tirailla son bras gauche ; les deux derniers doigts se mirent à brûler. Elle chercha l'air dans cette tribune où elle se sentait maintenant prisonnière. « Comment sortir d'ici ? » murmura-t-elle en cherchant une issue qu'elle ne voyait plus. Si seulement elle pouvait mettre cette soufflerie en marche, elle pourrait alors respirer. L'instrument muet l'étouffait, l'asphyxiait, ramassait tout l'air. Mais elle ne put faire un pas, esquisser un geste. Elle devait donner toute son attention à cette douleur insupportable qui ne lui laissait plus aucun répit.

Des pas dans l'escalier la firent violemment tressaillir. Elle avait oublié qu'il devait venir la rejoindre pour lui faire entendre la première partie de l'œuvre qu'il lui destinait. Comment avait-elle pu l'oublier ? C'était pour cela qu'elle était montée jusqu'à l'orgue en dépit d'une lassitude inhabituelle, d'une lourdeur qui lui avait rendu pénible, plus pénible qu'à l'ordinaire l'ascension jusqu'à la tribune et plus long le moment où elle avait dû se reposer avant de commencer à jouer. Elle vit soudain devant elle son beau visage d'adolescent inspiré qu'elle rêvait de prendre dans ses mains, ses belles lèvres pures qu'elle désirait tellement embrasser, ne fût-ce qu'une fois. Elle voulut lui dire quelque chose d'important, d'essentiel, mais elle ne savait plus ce que c'était. Comme la musique l'avait abandonnée quelques instants auparavant, la parole aussi lui était retirée.

— Êtes-vous malade, mademoiselle ?

Les mots résonnèrent de très loin, dans un autre monde, une région qu'elle quittait rapidement. Ils grondèrent comme s'ils étaient sortis du pédalier des orgues. Elle voulait pourtant répondre simplement, sans faire d'éclat, sans rien exagérer, comme elle avait toujours vécu, mais surtout sans lui révéler combien elle l'aimait. Elle ne voulait pas tomber dans le ridicule au moment où elle mourait de faire à ce garçon une déclaration d'amour. C'était bien cela qu'elle voulait dire, et rien que cela : elle était en train de mourir. Mais elle ne put le lui dire. Un silence effrayant tendit un voile dans tout le temple, recouvrit les orgues qu'il déroba à ses yeux et la recouvrit elle-même tout entière.

On crut que l'organiste était morte du chagrin que lui causait la perte de son orgue. De cela aussi sans aucun doute.

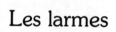

Les larmes

Joy Happy releva le store de la fenêtre, laissa le merveilleux soleil d'automne pénétrer dans la chambre et soupira d'aise. Le dimanche lui appartenait : le seul jour de la semaine où elle pouvait sans se presser consulter le temps en auscultant le ciel, décider avec lenteur du programme de la journée. Les autres jours, elle ne donnait au ciel qu'un rapide coup d'œil, juste le temps de se demander si elle devait ou non prendre son parapluie avant de se hâter vers l'arrêt de l'autobus. Au cinquième étage du grand magasin où elle était vendeuse, elle ne savait plus rien du temps jusqu'au soir. Le samedi, il y avait les courses et le ménage à faire : aussi, le temps ne revêtait-il qu'une importance secondaire, à moins qu'il ne fût excessif. Mais le dimanche, elle se levait un peu plus tard, enfilait sa robe de chambre, relevait le store et s'attardait un moment à contempler le pan du ciel visible de sa fenêtre, l'ombre ou la lumière sur les façades environnantes, l'activité dominicale de la rue. Des gens se dirigeaient vers l'église, d'autres en revenaient. Ils se saluaient, s'arrêtaient, faisaient un brin de causette. Sans trop savoir pourquoi, Joy Happy souriait : le spectacle de ces quelques personnes qui prenaient une fois par semaine quelques minutes pour s'intéresser à leurs voisins lui causait un plaisir renouvelé. Elle-même s'arrangeait toujours pour assister à la messe du samedi soir afin de garder tout le dimanche libre. Que la lumière de ce jour était belle ! Avant de s'abîmer dans le grand sommeil hivernal, la nature se parait avec une telle splendeur que même après plus de trente ans passés dans ce pays, Joy Happy s'émerveillait encore devant les couleurs automnales. Elle consulta le thermomètre accroché au jambage : dix-huit degrés. Un temps idéal pour la promenade. Elle se réservait chaque année un dimanche de fin de septembre ou début d'octobre pour aller à la campagne admirer les couleurs des arbres. C'était le dernier hommage qu'elle rendait à la nature avant que les grands froids ne sortent leurs griffes. Elle n'y manquait jamais. Autrefois, elle accomplissait ce rituel en compagnie de son mari mais depuis qu'elle était veuve, elle y allait seule afin de jouir en toute quiétude du spectacle unique. Elle accomplissait en même temps comme un pèlerinage en souvenir du défunt qui avait tant aimé lui aussi cette promenade annuelle. Son travail de vendeuse au rayon de la verrerie d'un grand magasin lui faisait ordinairement apprécier le repos dominical. Pouvoir vivre toute une journée sans trembler pour un étalage de verres ou de porcelaine, rester assise dans le calme et la quiétude, permettaient de récupérer ses forces pour les six autres jours épuisants. Mais une fois l'an, à l'automne, elle quittait la ville, roulait dans la campagne, garait sa voiture à l'orée d'un bois et marchait jusqu'au coucher du soleil. Ce dimanche était idéal pour la promenade : roux, ocré, flamboyant du rouge des érables, avec juste assez de brise pour rafraîchir l'air. Tout en préparant le déjeuner, Joy Happy écoutait d'une oreille accoutumée mais toujours compatissante les nouvelles habituelles de conflit au Moyen-Orient, d'attentat à la bombe en Irlande du Nord, de hold-up avec prise d'otages dans quelque grande ville. Elle plaignait sincèrement ces pauvres gens qui n'avaient pas comme elle une belle journée devant eux. S'ils se donnaient la peine de regarder par la fenêtre en se levant, un matin d'automne comme celui qui ensoleillait l'appartement, ils ne songeraient pas à commettre un crime, ils mettraient fin aux conflits et aux guerres et se réconcilieraient devant un érable flamboyant et splendide. Joy sourit devant ces pensées puériles qui possédaient pourtant un grain de vérité. Soudain, un nom arrêta toute pensée, fit se contracter sa main sur la poignée de la porte du réfrigérateur. Le secrétaire au Foreign Office était mort d'une crise cardiaque dans sa résidence de Londres, annonçait-on. Immobile comme sous l'effet d'un coup violent, Joy entendit retracer en quelques mots la carrière du diplomate, l'un des plus brillants depuis l'après-guerre. Doué d'une intelligence supérieure, ambitieux et tenace, il avait rapidement gravi les échelons qui conduisaient au faîte de la carrière tandis que son mariage avec la fille d'un pair d'Angleterre lui ouvrait les portes de la haute société. Joy oublia ce qu'elle cherchait dans le réfrigérateur. Son cœur battait ; elle eut comme un étourdissement. Ainsi, il était mort subitement, dans son sommeil, contrairement à son mari qui avait traîné durant des mois, appelant la mort qui ne venait pas. « Comme c'est étrange. Mais je suppose que c'est le genre de mort réservé aux hommes actifs qui ne savent pas se ménager, qui ne se reposent pour ainsi dire jamais et qui ont de si lourdes responsabilités » songea-t-elle en mettant une tranche de pain dans le grille-pain. Elle s'était toujours intéressée à cette carrière, en avait suivi de loin les étapes, se réjouissant de la rapide ascension. Depuis quarante ans, elle n'apercevait que dans les journaux, les magazines et l'écran de son poste de télévision ce visage qui lui était pourtant aussi familier que celui de son défunt mari. Depuis qu'elle était veuve surtout, elle ne pouvait entendre cette voix familière à des millions de personnes, voir apparaître cet homme connu dans le monde entier sans qu'un élan affectueux la porte vers lui. Il était le dernier maillon de la chaîne qui la reliait au passé, à toute son enfance et sa jeunesse. Ce maillon venait de se casser : la chaîne était rompue. Le Surrey en Angleterre, le petit village situé à une trentaine de kilomètres de Londres s'anéantissaient comme sous l'effet d'un séisme. Mais dans les décombres resurgissaient une petite fille espiègle et un garçonnet turbulent. Leurs maisons se touchent : les jardins ne sont séparés que par une haie de chèvrefeuille vite franchie. Inséparables compagnons de jeux, ils font ensemble toutes les découvertes de l'enfance et se promettent l'un à l'autre à l'âge de six ans. Un peu plus tard, pensionnaires tous deux, ils ne se retrouvent plus qu'aux vacances : leurs jeux évoluent mais leur plaisir de se retrouver reste le même. À l'âge des premiers émois, ils échangent des baisers et de timides caresses et se jurent un éternel amour. Mais la guerre éclate qui fait diverger leurs routes. À la fin des hostilités, ils ne se retrouvent plus ou plutôt, le garçon devenu jeune homme refuse de reconnaître en sa camarade d'enfance la compagne de ses nouvelles ambitions. Joy le comprend sans qu'il le lui dise. Pleure-t-elle ? De cette époque, il lui reste le souvenir d'une faim jamais apaisée à laquelle correspond l'éloignement de son ami d'enfance. Les deux manques se confondent, forment un tout que seul le temps se charge d'apaiser. Elle épouse un homme sans panache et quelques années plus tard, le couple émigre au Canada. Bien avant la mort de son mari, Joy avait trouvé un emploi de vendeuse qu'elle occupait depuis. Étant sans enfant, elle ne se connaissait plus aucune attache dans aucun pays. Lorsque le nom et la personne du diplomate acquirent une forte notoriété, elle aima se rappeler que c'était à son ami d'enfance qu'une telle destinée était promise. C'était la partie secrète, tout à fait personnelle et intime, de son être, celle que l'on ne dévoile à personne, pas même à son mari. Elle se plaisait à la pensée qu'elle partageait ses souvenirs d'enfance avec un homme célèbre qui ne pouvait pas lui-même retourner dans son passé sans solliciter l'image d'une petite fille qui se prénommait Joy. Elle était la première et peut-être la seule à l'avoir vraiment connu. La mort de cet homme posait le point final à toute sa vie passée et aussi à toute son existence rêvée car, sans la guerre qui avait changé tant de choses, qui sait . . .

Elle s'aperçut alors qu'elle pleurait, que les larmes coulaient sur ses joues, glissaient dans son cou, pénétraient dans son corsage et quand elle penchait la tête, elles tombaient sur les meubles ou sur le plancher, comme les perles d'un collier cassé. Joy Happy n'avait pas pleuré ainsi depuis des années, à vrai dire depuis qu'elle était une petite fille. Elle se rappelait même à quelle occasion : en revenant d'une course, elle avait attrapé une averse et elle était rentrée en pleurant à chaudes larmes. Elle se rappelait même le contraste de la chaleur de ses larmes sur son visage et dans son cou avec la fraîcheur de la pluie d'automne qui la faisait frissonner. Ses parents et sa sœur s'étaient un peu moqué de sa pusillanimité. Elle-même avait toujours ignoré la cause réelle de ses larmes dans cette circonstance particulière mais ne l'avait jamais oublié afin de ne plus pleurer sans raison.

Elle s'était conformée à ce principe qu'on lui avait enseigné dès son plus jeune âge qu'une personne bien élevée ne pleure pas en public, quelles que soient les circonstances. Docile, Joy avait refoulé ses larmes devant les autres, puis elle avait fini par ne plus pleurer du tout. Elle trouvait aux larmes un aspect honteux, et même quelque peu indécent. Elle ne pouvait pas s'empêcher de mépriser une personne qu'elle voyait pleurer : c'était pour elle le signe d'une faiblesse de caractère non surmontée. Lorsque sa sœur qu'elle chérissait avait émigré en Australie avant son propre départ pour le Canada, les yeux de Joy étaient restés secs. Elle avait à l'aéroport dit à sa sœur un adieu qui s'était avéré définitif, sans verser une larme. Avait-elle pleuré en lisant le télégramme qui lui apprenait la mort de cette sœur chérie, dix ans plus tard ? Elle ne se souvenait que de son chagrin. Elle avait enterré son père alors qu'elle ne s'était pas encore remise de la mort de sa mère en posant sur son visage un masque d'indifférence. En quittant l'Angleterre, sa patrie, le regret ne lui avait pas fait verser une larme. Et elle avait très peu pleuré à la mort de son mari.

Mais voici que la mort d'un homme qu'elle n'avait pas vu depuis plus de quarante ans lui faisait verser des pleurs qu'elle ne pouvait pas retenir. Elle savourait même ses larmes : avec sa langue, elle les cueillait, tièdes et salées, et leur trouvait un goût agréable. Il lui semblait qu'une foule d'yeux étaient braqués sur elle et exprimaient un étonnement extrême, une stupéfaction inouïe.

Elle reconnaissait les yeux de ses parents, de sa sœur et de son mari ; ceux d'oncles et de tantes, de cousins qu'elle avait connus en un temps lointain, et de toutes sortes de personnes disparues depuis des décades. Elle pleurait devant la foule de souvenirs qui affluaient en si grand nombre qu'elle en était étourdie. Elle revit, derrière la maison de ses parents, le pré en pente qu'une petite fille dévalait à toute vitesse en se roulant dans l'herbe. Un petit garçon la rejoignait. Ils remontaient la pente en courant et en se tenant par la main. Elle revit le ruisseau qui débordait à chaque printemps, dans lequel les deux enfants cherchaient des vairons et des têtards. Où la conduisait la saveur de cette bouchée de toast à la confiture ? À cet après-midi où ils avaient goûté ensemble dans la salle à manger. Quel anniversaire fêtait-on ? « Quand je serai grand, je me marierai avec toi, Joy », disait le petit garçon à la petite fille qui ne croyait pas possible une alternative. Mais c'est toute l'enfance qui resurgit : l'enfance heureuse dans un village du Surrey, avec ses parents et sa sœur. La promenade du dimanche avec son père dans la douce campagne anglaise. Du bout de sa canne, il lui indique les nids d'oiseaux au faîte des arbres ; il lui enseigne le nom des arbres, des plantes sauvages, à reconnaître la forme des nuages. Elle se rappela les jeux qu'elle inventait avec sa sœur pour se faire peur : tous les revenants et fantômes qu'elles suscitaient afin de connaître l'effet tumultueux de la peur qui raidit les poils des bras et des jambes et fait courir des frissons sur l'épiderme. Elle se rappela aussi que ses premiers baisers, elle les avait donnés à celui qui venait d'être surpris par la mort dans son sommeil. Elle mouillait un mouchoir après l'autre en se répétant : « Mais qu'est-ce que j'ai ? Qu'est-ce que j'ai donc ? Qu'est-ce qui m'arrive ? » Il n'était plus possible de partir en promenade : elle ne verrait pas cette année l'automne multicolore. Cette promenade dans ce pays que n'habitait pas son enfance ne présentait plus aucun intérêt. Elle avait plutôt envie de se terrer dans son appartement, de n'en plus jamais sortir. Les jours, les mois, les années, déroulaient à rebours le fil de son existence : toute sa vie y passa. Elle ressentit de nouveau les départs et les deuils mais en pleurant cette fois, en versant avec une abondance suffoquante les larmes qu'elle avait retenues lorsque les événements survenaient. Joy Happy ne regardait plus qu'à travers le voile de ses pleurs cette merveilleuse journée de fin de septembre dont les couleurs s'estompaient, disparaissaient, ne présentant plus que le présage d'un déclin, l'annonce d'un long hiver. Joy s'étendit sur son lit mais l'angoisse la fit suffoquer : elle se releva aussitôt. Elle prépara du café fort qu'elle ne put boire. Elle haletait et il lui semblait que l'air se congelait. L'hiver surgissait, des glaçons pendaient du plafond. Elle ouvrit son poste de radio mais le referma aussitôt : les sons étaient comme des aiguillons dans sa chair. Elle allait et venait dans l'appartement, recommençait dix fois les mêmes gestes, oubliant pourquoi elle les faisait. Elle était à la recherche de quelque chose mais elle ne savait plus ce que c'était. Deux fois, la sonnerie du téléphone la fit sursauter mais elle ne répondit pas, se sentant incapable de parler. Lorsque le soleil déclina et que dans tout l'appartement, le crépuscule étendit sa housse d'ombre, Joy Happy ne put en supporter davantage. Elle ferma la porte de la cuisine, la fenêtre, étendit sur le seuil une serviette roulée et ouvrit toute grande la valve du four à gaz. Elle s'agenouilla devant et plaça sa tête dans le four. Elle ferma les yeux et attendit la mort.

Ce n'était pas un cauchemar,
la mort a réellement passé

Le poids du temps écrasa Marcelle Lamoureux, étendue sur son lit. La masse des minutes coulant une à une, lentement, pressait sa poitrine, raidissait les bras et les jambes, enserrait les tempes dans un bandeau d'acier. Les yeux fermés, Marcelle contemplait ce monstre odieux de la douleur qu'elle portait en elle. Durant les trente années de leur mariage, jamais elle n'avait envisagé une séparation, jamais la pensée qu'elle allait devoir un jour poursuivre sa route sans son mari ne l'avait effleurée. Et pourtant, ce coup formidable lui avait été asséné et l'avait ébranlée, fissurée, déchiquetée vivante car elle était bien forcée d'admettre qu'elle était toujours vivante. Depuis des semaines, Marcelle se dédoublait : elle était à la fois celle qui savait que son mari était mort et celle qui le refusait de toutes ses forces, qui le niait avec un entêtement qui confinait au délire. Elle devait arriver à réunir les deux personnalités, les fondre en une seule, évoluer vers une autre Marcelle séparée de sa chair, divisée par cette fêlure qui s'élargissait de jour en jour et que jamais le temps ne parviendrait à colmater. Elle traversait en somnambule le cauchemar de la journée mais la nuit hantée par le spectre de la mort était plus redoutable encore. Du coucher au lever, même pendant les quelques minutes de son sommeil, Marcelle ne cessait de le contempler.

— Qu'est-ce que je vais devenir ? Mon Dieu ! Mon Dieu ! Qu'est-ce que je vais devenir ? Il faut faire quelque chose. Il faut que quelque chose arrive. Si tu ne viens pas me chercher, c'est moi qui irai vers toi.

Elle invoquait ce Dieu en qui elle ne croyait plus depuis longtemps mais à qui s'adresser ? Qui donc possédait le pouvoir d'arracher son mari à la mort, de le lui ramener vivant ? Marcelle invoquait une déité des ténèbres, la suppliait de ne pas prolonger cette erreur monstrueuse, de lui rendre celui sans qui la vie n'était pas possible.

Le silence siffla autour de Marcelle, réponse négative à sa supplique. Un film se déroula à toute vitesse : les images se succédaient, accrochant au passage des lambeaux de son cœur, souvenirs de trente années d'une vie conjugale sans heurts, d'une harmonie sans la moindre fissure, sans une fausse note. Marcelle macérait dans l'angoisse ; le silence lui brisait le tympan. Pourtant, la sieste de l'après-midi, autrefois si reposante, était un cauchemar de plus car elle permettait à Marcelle de mesurer toute l'étendue de son malheur. Autrefois, chaque après-midi, elle s'étendait pour un repos de quelques instants tandis que son mari lisait ou travaillait dans la pièce voisine. La maison baignait alors dans un silence si doux qu'en se réveillant, Marcelle en appréciait le charme avant de se lever. Charles n'aurait pour rien au monde dérangé son sommeil mais sa présence dans la pièce voisine formait comme un rempart de tendresse que le temps n'avait pas abîmé. Au contraire, le temps avait resserré les liens jusqu'à ce que cet homme et cette femme eussent atteint la vraie plénitude de se sentir un seul corps, une seule chair. Mais le silence actuel indiquait que la chambre à côté était vide, que jamais plus Charles n'y travaillerait, que jamais plus il n'attendrait en lisant le réveil de sa femme.

Marcelle tendit malgré tout l'oreille dans un espoir insensé qu'elle dormait, qu'elle se débattait dans les affres d'un cauchemar. Elle devait se réveiller, il le fallait, tout de suite. Elle devait se délivrer de ce rêve qui lui arrachait le cœur. Ce sommeil de plomb qui paralysait ses membres avait trop duré. Elle traversait trop lentement ce long tunnel au bout duquel se trouvaient l'air et la lumière, la délivrance. L'accident, le coup de téléphone, sa course effrénée vers l'hôpital, l'attente devant la salle d'opération, l'effroyable nouvelle, le service funèbre et l'inhumation n'étaient pas, ne pouvaient pas être des faits concrets, réels. Ils étaient le cauchemar dans lequel elle se débattait depuis des semaines sans parvenir à trouver l'issue vers la délivrance. Elle continuait d'écouter, se leurrant, certaine qu'elle entendrait bientôt le pas de son mari. Il n'était sorti que pour quelques minutes acheter un journal ou un magazine ou même simplement pour prendre l'air, comme cela lui arrive tandis que sa femme fait la sieste. Elle allait bientôt voir la poignée de la porte tourner doucement (elle la voyait effectivement), entrevoir la silhouette aimée dans l'embrasure. Elle allait prononcer son nom pour qu'il sût qu'elle ne dormait pas.

— Charles ?

— As-tu bien dormi, ma chérie ?

Si elle avait pu pleurer mais depuis ce matin où il était sorti mettre une lettre à la poste, elle n'avait pas versé une larme. Elle l'avait attendu comme elle l'attendait en ce moment même. Mais à cause de la longueur inusitée de son absence et ce vide effroyable dans lequel elle s'était brusquement sentie tomber, elle avait eu la certitude que le malheur s'était abattu sur elle. Et l'appel de l'hôpital où Charles avait été transporté après l'accident avait simplement confirmé ce qu'elle savait déjà de tout son être terrorisé. Sous son visage qu'elles gonflaient, les vagues de ses larmes battaient, venaient mourir contre ses tempes et retombaient, noyant son cœur. Incapable de bouger, raide, dure, inflexible, Marcelle haïssait chaque battement de ce cœur qui ne s'était pas arrêté à la mort de Charles. Elle haïssait chaque seconde du temps qui l'éloignait du mort sans la rapprocher de sa propre fin.

Mais soudain, elle entendit marcher dans l'autre pièce. Elle se réveillait enfin de son cauchemar. Son sang afflua dans ses veines : son cœur devint subitement tumultueux. « C'est vrai, je l'avais oublié. Charles m'avait prévenue qu'il devait aller au bureau de poste. Il avait une lettre à mettre à la poste. Le voici de retour. Quel affreux cauchemar ! J'ai rêvé qu'il était mort. Mais, heureusement, ce n'était qu'un rêve. Ce n'est pas possible. Comment ai-je pu faire un aussi mauvais rêve ? » Les pas se rapprochaient : Marcelle se détendit, respira plus calmement, se rasséréna. « Quel affreux cauchemar ! Charles ne peut pas être mort, voyons. » Après trente années de vie conjugale, connaître toujours ce frémissement de tout l'être, cette vibration de la chair au seul bruit du pas de son mari, cela ne peut pas se terminer, cela ne peut pas finir. Marcelle sourit : un tel amour, une pareille constance, une fidélité à toute épreuve, ne doivent pas être courants dans le monde actuel. Ils doivent même former l'exception. « Oui, exceptionnel, notre amour est exceptionnel », murmura Marcelle. Elle attendait avec une impatience croissante que la poignée de la porte tourne (elle tournait), que la porte s'ouvre. Mais pourquoi tardait-il tant ? Pourquoi ne venait-il pas vers elle ? Qu'est-ce donc qui le retenait ? Il devait bien se douter pourtant que sa sieste était terminée depuis déjà un bon moment. Elle n'attendait plus que son retour pour se lever, aller mettre l'eau à bouillir (peut-être l'avait-il déjà fait) pour leur quotidienne tasse de thé. Quelle heure pouvait-il bien être ? Plus tard qu'elle ne le croyait sans doute. Elle n'avait pas coutume de traîner au lit ainsi : Charles allait sûrement se demander ce qui la retenait si longtemps, s'inquiéter à son tour, la croire souffrante. Mais pourquoi n'ouvrait-il pas la porte ? Il serait tout de suite rassuré. Pourquoi n'entrait-il pas tout doucement, pourquoi n'entrebâillait-il pas la porte en demandant : « As-tu bien dormi, ma chérie ? » ou encore : « Tu es réveillée ? Le thé est prêt. » Il ne dort jamais durant la journée : il a déjà bien assez de mal à sommeiller quelques heures, la nuit. Charles est un insomniaque invétéré. Pour lui, les nuits se passent en d'interminables attentes du sommeil qui se dérobe sans cesse. Il envie à sa femme ses huit heures de sommeil paisible et il s'amuse de ses siestes de l'après-midi. Mais il le fait avec sa délicatesse et son indulgence coutumières. L'indulgence de Charles pour les défauts et les faiblesses d'autrui est proverbiale parmi les parents et les amis, autant que sa bonté et sa générosité.

Marcelle Lamoureux tend l'oreille : on dirait que Charles tourne en rond, qu'il cherche quelque chose. « Qu'est-ce qu'il peut bien chercher ? Je dois pourtant me lever. Il ne trouvera jamais sans moi. » Car l'esprit distrait de Charles est tout aussi célèbre que sa bonté. Il oublie toujours quelque chose quelque part et quand il sort seul, Marcelle tremble toujours qu'il oublie de regarder de tous les côtés avant de traverser la rue et . . .

Le coup brutal de la réalité la rejeta sur le lit. Marcelle grinça d'une douleur incommensurable. Elle comprit que ce n'était pas son mari qui marchait dans la pièce voisine mais son fils dont elle avait oublié jusqu'à l'existence. Son fils qu'elle n'avait jamais désiré et qui ne devait de vivre qu'au souhait d'ailleurs à peine exprimé de son père. C'était lui qui allait et venait dans la pièce, hésitant sans doute à frapper à la porte de la chambre de sa mère. Une haine farouche pour ce garçon étouffa le cœur de Marcelle. Elle se raidit dans une rancune féroce pour ce jeune homme qui n'était pas mort à la place de Charles. Un frisson glacé la parcourut de la tête aux pieds. Elle ne l'avait pas voulu : elle n'avait pas senti le besoin de cette maternité ; ses entrailles n'avaient pas frémi du désir de l'enfant. Il était tout au plus une preuve de l'amour qu'elle portait à son mari, de la passion qui était toute sa vie et qui lui suffisait exclusivement. Elle se rappelait la circonstance où elle avait lu dans les yeux de son mari le regret de n'avoir pas d'enfant. C'était à l'occasion du baptême d'un neveu. Le regard de Charles s'était attardé sur le bébé ; il avait pris dans sa main la minuscule menotte, le visage soudain voilé de mélancolie.

— Pourquoi ne le disais-tu pas que tu voulais que nous ayons un enfant ? avait-elle demandé, de retour à la maison.

— Je ne voulais pas t'obliger à avoir un enfant si tu n'en veux pas.

— Je serai heureuse d'en avoir un puisque ça te plairait.

Tant que Charles vivait, elle avait aimé leur fils parce qu'il était un des liens qui les unissaient si étroitement l'un à l'autre. Mais à présent, il n'était plus qu'un intrus, il usurpait une place qui ne lui revenait pas. Il n'était pas le fils d'une femme seule et cette femme ne voulait pas posséder seule ce fils. Sans le père, il n'était rien d'autre qu'un ennemi séparé de sa mère par la muraille infranchissable de la douleur.

Lorsque la porte s'ouvrit enfin et que la silhouette de son fils apparut dans l'embrasure, Marcelle ferma les yeux. Elle refusait de le voir, elle le rejetait de toutes ses forces. Elle voulait que ce fût lui, le mort. Elle le voulait tellement que durant un moment elle crut que le changement se ferait inévitablement, que lorsqu'elle rouvrirait les yeux, elle verrait son mari tout près d'elle.

— Tu ne te sens pas bien, maman ?

Elle ne répondit pas car elle haïssait cette voix, d'un ton plus grave que la voix de Charles comme elle haïssait ses cheveux et ses yeux qu'il avait pris à son père et qu'elle ne voulait pas qu'ils lui appartiennent.

Le jeune homme restait près de la porte, incertain, timide, se sentant, se sachant rejeté. Au bout d'un moment, Marcelle sut que quelque chose se passait, que son fils interpellait Charles, le sollicitait aussi, avec autant de force qu'elle-même. Elle rouvrit les yeux. Il tendait le bras vers le mur, à la tête du lit où était accroché ce qui avait exclusivement appartenu à Charles, un objet dont il avait toujours été le seul à se servir : un gratte-dos à la main d'ivoire qu'elle lui avait offert lors d'un voyage en Inde. Presque chaque soir, il s'en servait après avoir enlevé sa chemise et avant d'enfiler son pyjama. C'était un geste rituel, un de ceux qui paraissent ridicules et qui finissent par irriter lorsqu'il n'y a pas entente parfaite entre deux êtres, qui peuvent être sujets de discorde et même de haine, mais qui sont gestes touchants, douces habitudes pour ceux qui s'aiment véritablement. Charles affirmait que le léger grattement dans son dos de la petite main d'ivoire détendait ses nerfs et l'aidait à trouver le sommeil, mieux qu'un somnifère.

Le jeune homme décrocha le gratte-dos, l'examina, toucha du bout des doigts la petite main d'ivoire aux doigts légèrement repliés. Admirablement travaillée, elle avait l'air vivant. On croyait percevoir les veines sous la peau fine et les ongles étaient de la longueur qu'il fallait pour que le grattement soit efficace. Sur la baguette étaient gravés les mots à moitié effacés : New Delhi. Le jeune homme saisit la baguette, la glissa dans son dos par le col ouvert de sa chemise et fit le mouvement de bas en haut que Marcelle avait vu Charles accomplir si souvent.

— Ce n'est pas désagréable, dit le jeune homme.

Il raccrocha le gratte-dos à la place habituelle, à la tête du lit, et quitta la chambre. Marcelle ne s'aperçut qu'elle pleurait que lorsqu'une larme coula dans son oreille.

TABLE DES MATIÈRES :

Achevé d'imprimer
en décembre mil neuf cent soixante-dix-huit
sur les presses de l'Imprimerie Gagné Ltée
Saint-Justin - Montréal.
Imprimé au Canada